Weesewiesen

FSC
www.fsc.org
MIX
Papier aus verantwortungsvollen Quellen
Paper from responsible sources
FSC® C105338

T. DE GROOT

Weesewiesen

Buchbeschreibung:

Alexandra ist Polizistin aus Leidenschaft. Leider werfen der Tod eines Jungen und seltsame Vorkommnisse am Ort des Geschehens sie aus der Bahn. Nicht nur ihre Psyche spielt ihr übel mit, auch körperlich verspürt sie eine nicht kontrollierbare Veränderung. Die Ermittlungen in dem Fall gestalten sich komplizierter als gewöhnlich, da sich ein Team von Wissenschaftlern mit einer Gruppe gutsituierter Geldgeber verbündet. Diese Gruppe hat es sich zur Aufgabe gemacht, seltsame Vorkommnisse an den Tatorten für sich zu nutzen und vor der Menschheit zu verheimlichen. Gleichzeitig versucht der Bewohner eines Exoplaneten, sich und sein Volk vor einer Invasion von Aliens zu schützen.

Über den Autor:

Ich bin T. de Groot. Mit meinem Erstlingswerk möchte ich dem Leser ein paar unterhaltsame Stunden schenken. Viel Spaß!

Bibliografische Information der Deutschen Nationalbibliothek:
Die Deutsche Nationalbibliothek verzeichnet diese Publikation in der Deutschen Nationalbibliografie; detaillierte bibliografische Daten sind im Internet über https://portal.dnb.de/ abrufbar.

Grafik: AlexGreenArt/ Alexander_Evgenyevich/ Sonya92/ Shutterstock.com
Satz, Umschlaggestaltung, Herstellung und Verlag:
BoD – Books on Demand, Norderstedt

ISBN: 978-3-7562-9067-3

Für Hanni und Pam

Inhalt

8. August 2008

Timo griff sein Holzschwert und steckte es seitlich in die Gürtelschlaufe. Er war bereit, den Kampf aufzunehmen. Der Zehnjährige stand mit seinem Golden-Retriever-Rüden Hermann am Rande des Kornfeldes und beobachtete die Umgebung mit Argusaugen. Er war bereit, mit seinem treuen Freund gegen die Römer zu kämpfen.

Seit der letzten Unterrichtsstunde in Geschichte war er Feuer und Flamme für die Varusschlacht, in der die Germanen damals im 9. Jahrhundert einen glorreichen Sieg davongetragen hatten. So standen Timo und sein Hund Hermann »der Cherusker« bereit, dieses Kornfeld von der Besatzung der Römer zu befreien.

Eine leichte Brise wirbelte das goldgelb glimmernde Feld auf. Dies war der Moment, seine Heimat zu verteidigen. Die golden schimmernden Rüstungen der Römer blendeten Timo und seinen heroischen Freund. Doch sollte dies Hermann und seine Cherusker nicht davon abhalten, Geschichte zu schreiben.

»Freiheit!«, rief Timo, zog sein Schwert aus der Scheide und lief siegessicher der Horde Römer entgegen. Hermann sprintete ebenfalls los und bellte unaufhörlich zum Kriegsgeschrei seines Mitstreiters.

Timo ließ das Holzschwert in zerstörerischen Windungen um seinen Körper herumkreisen und zerteilte einen Gegner nach dem anderen. Mitten im Feld kam sein Angriff annähernd zum Erliegen, denn auf die zwei Befreier stürmten hunderte kampfhungrige Römer zu. Hermann sprang wie ein Känguru um Timo herum. Er kläffte und wedelte mit dem Schwanz, als gäbe es kein Morgen. Timos Kampfstil hingegen war eine Mischung aus wildem Gefuchtel und choreografischen Elementen aus *Star-Wars*-Filmen.

Die Schlacht gegen eine römische Übermacht war eine Herausforderung für jeden Befreier. Timo merkte man dies auch an. Zerschunden von den Kornähren und triefend vor Schweiß tanzte er mit Hermann den Walzer des Todes. Der Leichenberg türmte sich haushoch auf.

Dann mit einem Mal: Stille. Zum Schlag bereit erstarrte Timo mit seinem Schwert in beiden Händen. Mit dem Gesicht zu Boden gerichtet lauerte er auf den nächsten Angriff. Hermann hielt ebenfalls inne und legte sich dann sprungbereit auf die Lauer.

Der Leichenberg teilte sich wie das Rote Meer und Timo erblickte seinen Endgegner. Publius Quintilius Varus stand am anderen Ende des Kornfeldes und lachte seinen Feind aus.

»Los!«, gab Timo das Zeichen zum Angriff. Hermann spurtete los und Timo folgte seinem Mitstreiter in Ninja-Angriffstil. Das Gesicht dem Boden zugewandt und das Schwert in Schulterhöhe zum Schlag bereit, stürmten die Cherusker voran.

»Nimm das!«, grölte Timo. Jeder Hieb traf seinen Gegner. Früchte und Blätter flogen durch die Gegend. Der Busch der Tollkirsche, oder eher gesagt, Varus, hatte keine Chance gegen die grazilen Schwerthieb-Attacken Timos. Hermann schnüffelte sich unterdessen durch die Schonung und pinkelte auf einen Tollwut-Impfköder.

Es war vollbracht. Eine römische Übermacht plus Endgegner zerstört. Timo rief Hermann zu sich und drückte diesen innig. Mit einem Leckerli aus der Hosentasche bedankte sich Timo für die Unterstützung im Kampf.

Nach der hitzigen Schlacht genossen die zwei den Schatten der Bäume und legten sich ins Gras. Die Wärme und das monotone Surren der Autobahn, ganz in der Nähe, sorgten für einen Sekundenschlaf, aus dem Timo unsanft gerissen wurde.

Timos Beine sackten in die Tiefe. Reflexartig hielt er

sich an einem Strauch fest. Sein Blick fixierte die Hosenbeine, die in einem schwarzen Nichts zu verschwinden schienen. Der Strauch vermochte den Jungen wegen der Sogwirkung nicht zu halten. Dadurch rutschte der Bursche bis zum Bauchnabel in das schwarze Nichts hinein. Geschockt schossen ihm die Tränen in die Augen, und er weinte vor Angst. Hermann knurrte das schwarze Loch an und bellte immer lauter und aggressiver. Plötzlich verschwand das schwarze Loch und der Hund packte den Jungen am T-Shirt, um ihn aus der Schonung zu ziehen. Im Kornfeld ließ Hermann los, legte sich neben sein Herrchen und fing an zu wimmern.

Leichenblass lag Timo im Kornfeld mit weit aufgerissenen Augen, aus denen das Leben langsam entwich. Ohne Unterleib lag er dort und seine Innereien liefen allmählich aus dem Torso heraus. Ein letzter Atemzug und Timos Seele schwebte ins Licht. In diesem Augenblick heulte Hermann laut auf und legte sich danach wieder neben sein Herrchen.

Zur gleichen Zeit in einem Streifenwagen:
»Warum ließ sich dein Mann nochmal scheiden?«
»Das geht dich einen Scheißdreck an!«, antwortete Alex auf die Frage ihres Kollegen und trat in dem Moment auf die Bremse, als er an seinem heißen Kaffee nippte. Der Kollateralschaden der Uniform war immens. Der komplette Road Creme Coffee verteilte sich über die schusssichere Weste und suppte auf die Uniformhose des Beifahrers. Mit einem Grinsen im Gesicht lenkte Alex den Streifenwagen Richtung Wache. »Gott sei Dank ist der laktosefrei«, flachste sie und hörte sich geduldig die Beschimpfungen ihres Lieblingskollegen an.

Zwei Jahre war es her, dass sich ihr Mann hatte scheiden lassen. Der freischaffende Künstler begründete die Trennung damit, dass sie mit ihrer Arbeit liiert sei. Ihr gesamtes Privatleben richtete sich nach Schichtzeiten und Lösungsstrategien für den reibungslosen Betriebsablauf auf der Wache. Sogar intime Momente mit ihrem Mann unterbrach sie, um den Verlauf der WhatsApp-Gruppe ihrer Wache zu folgen. Sie konnte einfach nicht mehr abschalten und fühlte sich für alles verantwortlich, Prioritätensetzung zählte nicht zu ihren Kompetenzen. Auch den Auszug ihres Mannes verpasste sie, um die Schicht eines erkrankten Kollegen zu übernehmen.

Ihr Lieblingskollege Peter Bärlauch alias Bär schaffte es, Familie und Beruf zu trennen. Das berichtete er immer stolz. Seine Frau war ein erfolgreicher Fitnesscoach, die sich stets auf Europatournee befand, und seinen Sohn hatte es nach Zürich verschlagen, um bei Interpol seine Karriere zu starten. Wenn überhaupt, meldeten sich die Zwei sonntags, um Peter von ihren grandiosen Erlebnissen zu erzählen.

Fluchend stampfte Bär durch die Flure der Wache, um in der Umkleide seine Arbeitskleidung zu wechseln. Alex gesellte sich indes zu dem wachhabenden Kollegen und machte sich über Bärs Fauxpas lustig. Dass sie selbst daran schuld war, verschwieg sie tunlichst.

Ein Funkspruch der Hauptwache störte das amüsante Gespräch der Beamten. »Leichenfund in Weetfeld!« Alex zwinkerte dem wachhabenden zu und machte ihm damit klar, dass sie zur Tatortsicherung solo führe, da ihr Kollege sich noch umziehen musste. Der Wachhabende ließ sie ungerne ohne Kollegen losziehen, dennoch würde er mit einem Verbot bei ihr auf Granit stoßen.

Am Tatort angekommen, blickte die Polizeiobermeisterin erstaunt drein. Die freiwillige Feuerwehr sperrte den Ort des Geschehens weiträumig ab. Die gesamten Dorfbewohner standen an der Feldgrenze und reckten ihre Hälse. Mit Feldstechern versuchten sie, einen Blick auf das Geschehen zu erhaschen. Verdutzt stieg Alex an der Absperrung aus, als ein junger Mann auf sie zutrat.

»Sie sind allein?«, fragte der attraktive Feuerwehrmann. »Ja. Wieso?«, entgegnete die resolute Vorzeigebeamtin. »Das ist nicht hübsch anzusehen!«, antwortete er. »Das ist Alltag für mich«, zwinkerte sie zurück und begab sich auf den Weg über das Feld.

Ein Gefühl von Leichtigkeit überkam Alex, als sie ihre Hände über die Ähren gleiten ließ, was der warme Sommerwind jäh unterstrich. Ein Knurren riss sie aus ihrer Leichtigkeit und ihre Hand wanderte Richtung Holster. Hochgradig angespannt schritt sie auf das Knurren zu. In einem Kornkreis erblickte sie den Torso eines Kindes.

Sie erstarrte bei dem Anblick, denn der Hund biss in diesem Augenblick ein Stück Wange aus dem Kopf des Jungen und kaute knurrend auf diesem herum. Vorsichtig entriegelte Alex ihre Waffe, startete ihre Bodycam und zielte auf den Gourmet. Sie versuchte den Retriever mit *Husch* und *Geh* von dem Kind fernzuhalten. Der nahm jedoch unterdessen einen Nachschlag aus der Schulter des Jungen. Bevor die Würgattacken sie übermannten, schoss sie dem Hund direkt zwischen die Augen. Hermann sackte in sich zusammen.

Im Verborgenen löste sich ein Weeseblatt aus dem Fell des Hundes und wirbelte in Richtung Beamtin.

Die schaulustige Gemeinde löste sich panisch nach dem Schuss, den Alex auf den Hund abgefeuert hatte, auf und verschwand in ihren Häusern. Zwei ältere Kollegen der Feuerwehr liefen direkt über das Feld, um der Polizistin beizustehen. Die rief den Männern entgegen: »Nicht näherkommen!«

Vorsichtig bewegte sich Alex um den Tatort herum und fotografierte mit ihrem Diensthandy jedes Detail der Bluttat. Sie ahnte im Voraus, dass sich die Kriminalpolizei mit diesem Fall befassen würde und sie als kleine Beamtin nichts mehr davon hören würde. Darum filmte sie mit ihrem Privathandy den Bereich ebenfalls ab, um selbst

Recherchen über den Ablauf des Tathergangs durchführen zu können. Nachdem sie alles gespeichert hatte, forderte sie Unterstützung von der Kriminalpolizei an. Auf ihrem Weg zum Dienstwagen instruierte sie die Feuerwehrmänner, niemandem Zutritt in die Nähe des Tatortes zu gewähren.

Direkt auf dem Parkplatz der Wache polterte Bär los. Was ihr einfiele, allein zu einem derart prekären Tatort zu fahren. Das würde sie dem Wachleiter niemals erklären können. Wortlos drückte sie Bär das Diensthandy in die Hand und fing an den Bericht zu schreiben, um nichts zu vergessen. Per Mail versendete sie das Text-Dokument an ihren Vorgesetzten und den Film der Bodycam an ihr privates Handy. Sie verabschiedete sich recht zügig in den Feierabend. Bär schaute seiner Kollegin perplex hinterher.

Auf der untersten Treppenstufe blieb Alex kurz stehen und steuerte auf die Fußgängerzone zu, um sich in ihrem Lieblingscafé niederzulassen. Die Situation mit dem halben Jungen war derart grotesk, dass sie sich bei einem Milchkaffee entspannen musste.

»Wenn sie weiter so grübeln, bleiben die Falten für immer«, sprach der Besitzer sie mit holländischem Akzent an. Dem smarten Geschäftsmann fiel Alexandra schon damals bei der Eröffnung seines Cafés auf. Da seine Angestellte sich spontan arbeitsunfähig gemeldet hatte, nutzte er die Chance, die betörende Stammkundin persönlich anzusprechen.

»Einen Milchkaffee, bitte«, antwortete sie und sah unentwegt auf ihr Handy, um sich das Video anzusehen, das sie vom Tatort gemacht hatte. »Sehr wohl, die Dame.«, bedankte sich Geschäftsführer Jop für die Bestellung und machte sich daran, den Milchkaffee zu kreieren.

Alex pausierte nach jeder dritten Sekunde das Video und schloss die Augen, um die Umwelteindrücke in diesem Moment nochmal zu fühlen. Ohne Vorwarnung sprang sie auf und lief zum Parkplatz. Durchgehend fragte sie sich, warum der Hund die Leiche gegessen hatte. Zwei Querstraßen von ihrer Wohnung entfernt, besuchte sie einen Veterinär, um Informationen über jegliche Art von Verhaltensmustern zu erfahren.

Da der smarte Holländer nicht mitbekommen hatte, dass Alex einfach gegangen war, stand er verdutzt mit dem Milchkaffee am Tisch, schaute sich um und zuckte mit den Schultern.

Kopfschüttelnd standen der Tierarzt und seine Sprechstundenhilfen vor Alex und konnten die Geschichte nicht glauben. Der Tierarzt gab an, dass, egal wie verletzt oder verstümmelt ein Mensch ist, ein Hund ihn niemals verspeisen würde. Die Beamtin bedankte sich bei dem Tierarzt und fuhr direkt in ihre Wohnung.

Sie beschloss, niemanden über ihre Aufnahmen in Kenntnis zu setzten und des Öfteren die Kollegen auf dem Kommissariat zu besuchen. Da sie die Schwäche für Kuchen jedes einzelnen Mitarbeiters kannte, würde sie dies ausnutzen, um Einzelheiten in Erfahrung zu bringen.

10. September 2008

Mit hochrotem Kopf und leicht entnervt parkte Sven vor dem Deltapark. Er hatte sich den Urlaub in Holland entspannter vorgestellt. Leider kam es wieder anders als gedacht.

Seine Frau war auf Shoppingtour in Burgh mit ihrer neuen Urlaubsfreundin, deren Mann einen unaufschiebbaren Termin in Rotterdam hatte. Infolgedessen fand sich Sven mit fünf Kindern in seinem Familienauto wieder und dachte sich: »Was ihr könnt, kann ich schon lange.«

Er drückte seinem ältesten Sohn ausreichend Geld in die Hand und erinnerte ihn daran, sich um seine zwei Geschwister zu kümmern. Die zwei Teilzeitkinder der Businesseltern übergab er an die Aufsichtspflicht der Bademeister des Hallenwellenbades.

Nachdem er die Horde Hobbits in Beschäftigung wusste, schlenderte er vergnügt zum Bootsanleger hinter dem Wasserpark. Ein modriges Brett wies ihm den Weg. Mit Wachsmalstiften bekritzelt machte es Werbung für Tietjes Bootsverleih.

Am Ende des Anlegers erblickte er einen alten Mann in heruntergekommener Seemannskleidung. Eingeschüchtert von dem Aussehen des Seemanns zögerte er ein wenig, marschierte dann aber doch entschlossen auf den gruselig wirkenden Mann zu. Vor Aufregung streckte er dem Seebären seine Hand entgegen, was sehr unbeholfen wirkte, denn der Abstand zwischen ihm und dem Seemann betrug gut und gerne zehn Meter.

»Guten Tag!«, rief Sven und stand nach mehreren Schritten direkt vor dem Mann. »Sie müssen Tietje sein. Nicht wahr?« »Nein. Ich heiße Jochen!«, antwortete der Holländer. »Der Name und die Kleidung ist lediglich für euch Touristen«, raunte er hinterher.

Verdutzt schaute sich Sven den Seemann genauer an und bemerkte den maßgeschneiderten Anzug unter dem Friesennerz. »Ich muss gleich zu einer Hochzeit«, sagte Jochen und verwies Sven auf ein kleines Motorboot mit Anglerequipment. Er drückte dem Familienvater eine Gebrauchsanweisung in die Hand und wünschte ihm Petri Heil. Bevor Sven Fragen stellen konnte, war der Holländer verschwunden.

Sven las sich die kurze Gebrauchsanweisung durch und bereitete sich vor, in das Boot zu steigen. Dies fiel dem adipösen Bürokaufmann sichtbar schwer, da körperliche Betätigungen nicht sein Ding waren. Die Idee, sich ein Ruderboot zu mieten, verwarf er bei der Buchung schnell und war froh darüber, eines mit Motor gemietet zu haben.

Ein tiefer Seufzer unterstrich die Bereitschaft loszufahren, da bemerkte er, dass er vergessen hatte, die Leinen zu lösen. Ergo machte er sich daran, auf dem wackeligen Boot nicht das Gleichgewicht zu verlieren und die vermaledeiten Leinen zu lösen. Das Boot ließ sich kinderleicht bedienen. Dadurch schaffte es Sven recht schnell, auf seine persönlichen Weltmeere zu schippern. Er lenkte das Motorboot an einer kleinen Sandbank vorbei und ließ sich in der Mitte des Deltas treiben. Dort genoss er die Ruhe und Einsamkeit.

Ihm schossen tausende von Gedanken durch den Kopf. Es fiel ihm schwer abzuschalten. Er griff sich eine Angelrute und machte sich daran, einen Fisch zu fangen. Direkt verhedderte er sich mit der Angelschnur und stach sich den Angelhaken in seinen Oberschenkel. »Verdammte Scheiße!«, rief er vor Wut in die Welt hinaus. Dabei stand er auf und schmiss den gesamten Anglerbedarf über Bord.

»Ich möchte einmal in meinem Leben außergewöhnlich sein!«, schrie er genervt in die Welt hinaus. Nach diesem Satz ummantelte Stille den Familienvater und er beobachtete fassungslos, wie das Flusswasser sich zu erheben begann und um ihn herumwirbelte. Sein Gedanke: »Jetzt kommt Aquaman!«, verpuffte recht schnell. Dunkelheit und ein ohrenbetäubender Lärm ließen ihn für kurze Zeit ohnmächtig werden.

Als er wieder zu sich kam, lag er inmitten eines braunen, kreisrunden Matschhaufens aus einem verwesenden Unterleib. Mit jedem Atemstoß sog er einen unangenehmen Aas-Geruch in sich auf, den er kurz darauf zusätzlich schmeckte. Auf dem Bauch liegend und paralysiert vom Schmerz, beobachtete er den prachtvollen Farbwechsel einer untergehenden roten Sonne. Tränen der Rührung flossen über seine Wangen, bei dem Anblick dieser Schönheit. Das Letzte was er wahrnahm, bevor er starb, war ein Kinderschuh.

Am Tag darauf klingelte Bärs Handy. »Bärlauch am Apparat!« »Ich bin es, Sergey.« »Mein Sohn, was für eine Freude!« »Ja, ja, Papa, ich bin auf der Wache. Wärest du so gütig, Alexandra zu kontaktieren und mit ihr so schnell es geht zu erscheinen?« »Klar, aber wieso?« Bevor Bär seinen Satz beenden konnte, hörte er das Freizeichen.

Bär schrieb eine Nachricht an Alex und begab sich auf den Weg zur Wache. Fast platzend vor Neugierde stürmte Alexandra auf die Wache und staunte, auf der kleinen Pelkumer Dorfwache waren mehr Menschen als in der Kamener Innenstadt an einem verkaufsoffenen Sonntag. Das Schild SOKO Torso an der Bürotür ließ in Alex das Geschehene vom 8. August wieder hochkommen.

Eine Augenweide von Mann schritt auf sie zu und fixierte sie mit seinen strahlenden blauen Augen. Er stellte sich mit *Sergey Bärlauch, Interpol* vor. Verlegen nannte sie ihren Rang und ihre Dienstnummer. Grinsend nahm er die Kollegin an die Hand und führte sie in den Aufenthaltsraum. Sprachlos stand sie in dem zum Soko-Büro umgebauten Raum und fühlte sich wie in einem Spionagefilm. Überall Monitore, hektisch agierende Kollegen und in der Mitte ein Klapptisch mit einer Pyramide aus Donuts.

»TELKO!«, rief eine Kollegin aus dem Nebenzimmer und schnurstracks leerte sich der Soko-Raum. Sergey setzte sich an den Tisch mit der Donutpyramide und bat Alexandra ebenfalls Platz zu nehmen. Danach klappte er seinen Laptop auf und ein niederländischer Kollege erschien auf dem Monitor.

»Guten Tag, Herr van de Boje«, begrüßte Sergey den Kommissar. »Sagen Sie Vincent«, bot der junge Kollege mit seinem niederländischen Akzent den beiden das Du an. »Gerne!«, erwiderte Sergey und stellte Alexandra vor. Mit einem leichten Lächeln im Gesicht nickte sie Vincent zu.

Sergey startete seinen Vortrag mit den Daten der Opfer sowie dem Tatort und der Zeit. Alex bemerkte, dass Vincent keinerlei Informationen über den Tatort in Deutschland hatte. Er wurde wie sie ins kalte Wasser geschmissen. Dadurch erhielt Sergey ein unverfälschtes Bild über Emotionen und Informationen der zwei Beamten. Nach dem Vortrag hielten die drei Kollegen inne, um die Informationen zu sortieren.

Unvermittelt fing Vincent an, seine Eindrücke zu schildern. Er war mit einer der ersten Beamten, die das Boot untersucht hatten. Die Tatsache, dass ein Mann im Bauchnabelbereich zerteilt wurde und der gesamte Oberkörper fehlte, gab Rätsel auf. Weder Kampf- noch andere Spuren waren zu finden. Kurioserweise stand der untere Teil des Halbierten kerzengrade im Boot. Die niederländische Presse gab dem Opfer den Namen: der aufrechtstehende Halbe. In Vincents Aussage schwang eine Spur schwarzen Humors mit und er konnte ein leichtes Grinsen nicht unterdrücken.

Alexandra antwortete leise auf die Situation: »Timo war erst zehn Jahre alt.« Betroffenes Schweigen beendete die Informationsrunde. Alexandra stand auf und verließ wortlos den Raum. Etwas irritiert verabschiedete sich Sergey von dem niederländischen Kollegen und versicherte ihm, ihn auf dem Laufendem zu halten. Vincent hielt Sergey eine Weile in der Leitung, um mehr Informationen zu bekommen. Der verwies auf die Interpol-Statuten und würgte das Gespräch gnadenlos ab. Mit einem Ruck knallte er den Laptop zu und stakste aus dem Raum, um Alexandra zu sprechen.

Irritiert lief Sergey durch das Polizeigebäude und hielt nach der Kollegin Ausschau. Bär packte seinen Sohn am Arm und raunte ihn an: »Was ist passiert?« »Nichts! Sie ist einfach aus der Telko raus!« »Komm mit«, befahl Bär, und die zwei verließen das Polizeigebäude durch den Hinterausgang.

Hinter den Garagen für Einsatzwagen saß Alex auf einer Bank und starrte auf ihr Handy. Tränen rannen über ihre Wangen. Vorsichtig näherte sich Bär, um sie nicht aus ihrer Lethargie zu reißen. »Setzt euch zu mir!«, befahl sie den zwei Männern und überreichte Sergey ihr Handy. »Das Video habe ich unterschlagen.«

Sergey sah sich das Bildmaterial an und staunte über die Reaktion des Hundes. Geschockt und angewidert sah er zu, wie sich der Hund ein Stück Fleisch nach dem anderen aus dem Kind biss. Mit einem Kloß im Hals sah er in das Gesicht des Jungen. Bei dem Todesschuss auf den Hund fingen seine Hände an zu zittern. Sprachlos gab er das Handy zurück.

»Die ganze Zeit zermartere ich mir den Kopf darüber, was da in Weetfeld passiert ist. Die Tatsache, dass ein weiterer Mensch auf diese Art stirbt, macht mich fertig. Bitte, nehmen Sie mich aus dem Ermittlungsverfahren heraus. Ich brauche eine Auszeit«, flüsterte Alex dem sonst so taffen Sergey zu. »Sohn! Bitte!«, unterstützte Bär seine Kollegin. Sergey stimmte nickend zu und verwies darauf, dass das Video ein Teil der Ermittlungen sei. Vor den Augen der Beamten versendete Alex das Video an Sergey und löschte alle Dateien auf ihrem Handy, die mit dem Fall in Verbindung standen. Nachdem sie Bär herzlichst umarmt hatte, verabschiedete sich die Polizistin von Sergey und verschwand.

20. Oktober 2008

Mit ihren neuen Kopfhörern genoss Susan Walther ihren Lieblingssong von Barry White und schnippelte dabei Suppengemüse. Die Hausfrau und Mutter bereitete einen delikaten Topf Rinderkraftbrühe zu. Bei diesem nasskalten Wetter verwöhnte sie ihre Tochter und ihren Gemahl gerne mit einer herzhaften Suppe zum Aufwärmen.

»Can't get enough of your love, baby«, trällerte sie verträumt mit. Ein ungewöhnliches Gurgeln brachte die Hausfrau und Mutter aus dem Takt. Sie stupste gegen die Kopfhörer und vermutete einen Wackelkontakt im Kabel. Das Gurgeln vermischte sich mit Wehklagen und wurde lauter. Susan drehte sich vor Schreck um. Mit weit aufgerissenen Augen stand ihre Tochter Samantha plötzlich hinter ihr und prustete Unmengen von Blut in Susans Gesicht. Mit beiden Händen krallte sich Samantha an ihrer Mutter fest. Susan erschrak beim Anblick ihrer Tochter.

Wie bei einem sauberen, diagonalen Schnitt durch das Gesicht fehlte dem Teenager die linke Seite des Kopfes.

Ein surreales Bild des Horrors ließ die Hausfrau kurzzeitig erstarren. Danach schrie sie aus Leibeskräften los und stützte ihre Tochter ab. Es bedurfte all ihrer Kraft, um ihr Kind zu halten und auf das Sofa zu legen. Blutverschmiert und mit offenem Schädel gurgelte Samantha: »Rote Sonne.« Kurz darauf entwich sämtliches Leben aus dem Mädchen. Susan umklammerte ihr Kind und schrie allen Schmerz aus sich heraus.

Zeitgleich beobachtete Je-sch-dark wie aus dem Nichts ein Etwas in den aus Leichenresten verwesenden Matschhaufen fiel. Es sah, wie Samanthas Schädelhälfte einmal mit dem Auge blinzelte und danach durchgehend starrte. Die langen blondierten Haare glänzten im Schein der roten Sonne. Verzückt von diesem Anblick nahm Je-sch-dark allen Mut zusammen. Es streckte seine Gliedmaßen aus und schälte mit seinen rund zehn Zentimeter langen, messerscharfen Hornvorsätzen die Haare vom Schädelstück ab. Vorsichtig wickelte Je-sch-dark das für ihn unbekannte Souvenir in ein Weeseblatt, um es vor dem Zerfall zu schützen und klemmte das Paket zum Transport zwischen seine Hornkrone.

Total fasziniert beobachtete das Stammesoberhaupt, wie der Rest des unbekannten Etwas toxisch reagierte und blubbernd zu Matsch verfiel. Je-sch-dark musterte den gesamten aus verwesenden Leichenteilen bestehenden Matschhaufen und stellte erschrocken fest, dass dies der dritte Besuch der unbekannten Wesen war. Hinter seinem massiven Bauchpanzer machte sich ein Gefühl der Angst breit. Ein Gefühl das noch nie eine Je-sch-Existenz jemals zu spüren bekam, da es auf seinem Planeten nur zwei in Symbiose existierende Lebewesen gab. Mit dem Haarschopf zum Beweis für das Vorhandensein einer vermutlichen Bedrohung machte es sich auf den Weg zu seinesgleichen.

Am Tag danach:
»Wie fühlen Sie sich?«, fragte die Polizeipsychologin ihre Patientin am Ende des Gesprächs. »Sie hatten Recht«, antwortete Alexandra. »Mit Meditation und Gesprächen in der Selbsthilfe-Gruppe bekomme ich das Geschehene bald aus meinem Kopf.« »Das freut mich.« Mit diesem Satz beendete die Psychologin die Analysestunde und begleitete ihre Patientin zur Tür. Alex trat aus dem Haus und stand mitten in der Hammer Fußgängerzone. Verloren ließ sie sich in der Menge der einkaufswütigen Konsumherde treiben.

Während der Sitzungen mit der Psychologin spielte sie

die taffe Kollegin. Sobald die Schauspielstunde zu Ende war, schaltete ihr Gehirn in einen desolaten Modus um. Sie sah in jedem Kind, dem sie begegnete, Timos Gesicht. Ihre Haut fühlte weiterhin den Sommerwind und das Geräusch des nagenden Hundes lag ihr in den Ohren. Wie Treibgut wurde sie plötzlich aus dem Konsumherdenfluss gezogen und behutsam an einen Bistrotisch gesetzt. Desorientiert nahm sie eine Stimme aus dem Off wahr.

»Ihr Milchkaffee, gnädige Frau.« Der charmante Satz des Holländers brachte Alex zurück in die Realität, und sie sah ihm zum ersten Mal tief in die Augen. Es war, als wolle das Schicksal eine Verbindung der beiden erzwingen, denn immer, wenn sich Jops Mitarbeiterin krankmeldete und er draußen bediente, sah er sie in der Menge. Er bemerkte innerhalb der letzten zwei Monate die Veränderung von der taffen Polizistin zur angespannten, immer abwesend wirkenden Beamtin.

Alex vernahm einen leisen Radiosprecher im Hintergrund: »... fehlte ein Teil des Kopfes und wurde nicht gefunden!« Zügig stand sie auf, umarmte den charmanten Jop und küsste ihn innig. Ihre Hand streifte seinen Rücken hinab bis zum Po, den sie mit einem festen Griff an sich drückte. Urplötzlich ließ sie von Jop ab und verschwand in der Menge der Menschen.

Eine ältere Dame am Nebentisch hatte das Schauspiel beobachtet, schluckte kurz und hauchte Jop dann zu: »Einen Milchkaffee bitte, der Herr!«

In ihrer Wohnung angekommen setzte sich Alex an ihren Computer und durchforstete die Nachrichten. »Ich habe es mir gedacht!«, stöhnte sie. Sie stieß auf einen Artikel in der *WAZ*, in dem einem Mädchen in England ein Teil ihres Körpers fehlte – und dieser war nicht aufzufinden. Sie schrieb direkt eine Nachricht an Sergey und hoffte, dass er sich nach ihrer Auszeit bei ihr melden würde.

Angefixt wie ein Junkie saß sie in ihrem Bürostuhl und starrte auf den Monitor. Der Zeigefinger der rechten Hand tippte im Sekundentakt auf die Maustaste zum Aktualisieren. Er antwortete nicht. Nach zwei Stunden intensiven Klickens fing ihr Körper an zu zittern und sie entschloss sich, ein Bad zu nehmen, um zu entspannen.

Alex griff im Bad nach der wohlklingenden Flasche *Auszeit* und portionierte den Badezusatz recht großzügig, sodass der Schaumduft das kleine Bad schnell einhüllte. Sie hängte ihre Sachen über den Handtuchhalter und drapierte ihre Waffe auf einem Stuhl neben der Badewanne. Ein Hauch von Entspannung zuckte durch ihren Körper, während sie ihren Fuß in das warme Wasser eintauchte. Wie eine Welle wanderte ihr eine Gänsehaut den Körper empor und jeder Teil ihrer Gliedmaßen entkrampfte. Sie schloss die Augen und genoss es, wie sich der Schaum um ihre weiblichen Rundungen schmiegte.

Ein Jucken an ihrer Wade nahm sie kurz wahr und kratze sich dort. In diesem Moment zuckten ihre Augäpfel unter den Lidern und sie *sah*, wie sich ein Blatt aus dem Fell des Hundes löste. Sie *spürte* den warmen Sommerwind und *erblickte* aus der Perspektive des Blattes den halbierten Jungen im Feld. Ein kleiner Wirbelwind beschleunigte das Blatt und steuerte es auf das Bein der Polizistin zu. Einer Messerklinge gleich schnitt das Weeseblatt die Uniformhose der Beamtin auf, ritzte ihr Bein und sonderte eine Flüssigkeit ab. Danach wirbelte es weiter auf das Feld und blieb in einem Erdloch liegen.

Nach diesem merkwürdigen Traum öffnete sie langsam ihre Augen und vernahm ein Murmeln. Über ihren Kopf beugte sich ein leichenblasser Junge mit schwarzen Augen, der mit unheilvoller, dumpfer Stimme betete. Sie drehte sich weg und kauerte sich an die andere Seite der Badewanne. Der Junge betete mit immer tiefer werdender

Stimme weiter und hielt sich mit seinen Händen an dem Wannenrand fest.

»Hör auf!«, schrie sie und erkannte Timo. Der Oberkörper des Kindes rutschte in die Badewanne und die Gedärme schossen aus seinem offenen Torso. Sie schlängelten sich um Alexandras Beine und färbten das Wasser blutrot. »Bitte! Verschwinde!«, wimmerte Alex und schloss die Augen. Timos Stimme kam näher und hauchte leise: »Je-sch-dark« in ihr Ohr.

Mit einem Ruck hoben zwei starke Arme Alex aus der Badewanne und wickelten sie in ein flauschiges Handtuch. Sie tat es einem Koalabären gleich und umklammerte den durch und durch trainierten Körper des Mannes.

Dieser gehörte zu Sergey, der sich bei dem Schrei von Alex Zugang in ihre Wohnung verschaffte. Er trug sie ins Schlafzimmer und legte sie behutsam auf ihr Bett. In diesem Moment intensivierte sie die Umklammerung und beide fielen in die Federn. Bevor Sergey etwas sagen konnte, küsste Alex ihn wild und glitt mit ihren Händen in seine Hose. Der Wille von Sergey, es nicht geschehen zu lassen, war schnell gebrochen. Die unfassbar intensive Hodenmassage ließ ihn dahinschmelzen wie Butter in der Sonne.

21. Oktober 2008

Mit einem flauschigen Gefühl von Wonne öffnete Sergey die Augen. Mit den Gedanken bei den Liebesspielen der letzten Nacht, streckte er sich und drehte sich langsam um. Geblendet von den warmen Sonnenstrahlen hoffte er auf ein weiteres Pas de deux.

Alex hockte wie ein Raubtier vor dem Sprung im Bett und starrte ihren Fang an. »Geh!«, raunte sie zornig. Erschrocken stürzte Sergey aus den Federn und erhoffte die Situation abzumildern. Ihr Blick ließ ihm das Blut in den Adern gefrieren.

Blitzschnell zog er sich an, drehte sich nochmal um. In diesem Augenblick preschte sie vor bis auf ein paar Zentimeter vor sein Gesicht und keifte verachtend: »Du bist unfruchtbar. Geh!«

Geschockt verlies Sergey die Wohnung und holte auf dem Gehweg tief Luft. Konsterniert setzte er sich in sein Auto und ließ den gestrigen Tag Revue passieren.

Er zuckte zusammen, als sich seine Beifahrertür öffnete und Alex einstieg. »War Spaß!«, scherzte sie.

Sie erzählte ihm, dass sie eine Theorie bezüglich der drei halbierten Opfer hätte. »Moment!«, stoppte Sergey den Vortrag. »Wieso drei?« Alex erzählte von dem Mädchen in England. »Der halbe Kopf war weg. Wo ist der Rest?« Sergey stockte der Atem. Wie konnte er ein derartiges Detail übersehen.

Aus dem Königreich bekam seine Abteilung generell wenig Informationen über Straftaten und ungewöhnliche Vorgänge. »In einer Stunde am Flughafen Dortmund!«, befahl er seiner Kollegin und setzte zum Kuss auf ihre Wange an. Der Schmatzer endete an der Kopfstütze, da sie bereits aus dem Auto gesprungen war. Perplex saß der

Casanova eine ganze Weile im Auto und sortierte abermals das Geschehene.

Indes begab sich Alex schnurstracks in die Fußgängerzone. An ihrem Stammcafé angekommen, klopfte sie wild an die Glasscheibe. »Ja, ja«, murmelte Jop und wurde flotter, als er seine Milchkaffee-Bekanntschaft sah. »Hallo!«, vermochte er auszusprechen, da hing sie schon an seinen Lippen und drückte ihn an sich heran.

Die zwei taumelten unbändig küssend durch den Verkaufsraum Richtung Eckbank und rissen sich begierig die Klamotten vom Leib. Mit wilden Stößen genossen die zwei ihre Vereinigung und ließen sich in ihrem Verlangen von nichts und niemandem stören. Ihr Körper zitterte vor Erregung. In dem Moment ihrer größten erigierten Enge, vermochte Jop sich nicht mehr zurückzuhalten und gab, unter Juchzen, einen Schwall seiner Begierde ab. Auf ihm sitzend, genoss sie das Gefühl der Wärme in ihrem Leib und umklammerte Jop.

Danach bewegte sie sich langsam nach unten und küsste Hals, Brust sowie Bauchnabel. Jop richtete sich wieder auf, als sie anfing, seine Hoden zu massieren. Daraufhin zog sie die Vorhaut zurück und biss ihm die Eichel ab. Jop schrie auf und Alex schnellte hoch, um ihn mit einem Kopfstoß auszuknocken. Der Holländer krachte auf die Eckbank zurück und aus seinem Glied pulsierte schwallartig das Blut.

Vorsichtig entfernte sie sich von der Sauerei und achtete penibel darauf, keine Spuren zu hinterlassen. Hinter der Theke griff sie sich zwei Flaschen Rohrreiniger und flößte es dem ausblutenden Samenspender ein. Nackt sammelte sie ihre Kleidung auf und verschwand in den hinteren Bereich des Lokals. Beim Überziehen ihres Pullovers traf ihr Blick den Toilettenspiegel, den sie mit den Worten: »Jesch-ble« anfauchte.

Nach zwei Schwall kühlen Wassers in ihr Gesicht veränderte es sich von grausam zurück in den Normalzustand. Nachdem sie sich schnell ein paar Hautfetzen aus den Zähnen gepult hatte, begab sie sich auf den Weg zum Flughafen.

England – Wandsworth

Eine Bloody Mary bitte«, bestellte Sergey bei der Stewardess und schaute fragend zu Alex herüber. Die biss sich genüsslich Gipfel für Gipfel durch eine Toblerone und brabbelte mit vollem Mund: »Für mich ebenfalls, bitte!« Mit all ihren Sinnen genoss sie die Bloody Mary und nach einem herzhaften Bäuerchen stupste sie Sergey an: »Warum so reserviert?«

Die Antwort darauf verbot seine Erziehung. Er machte sich lieber daran, Alex zu briefen, um nicht in Schwierigkeiten mit den englischen Polizisten, auch Bobbys genannt, zu geraten. Alex indes stopfte alles Essbare in sich hinein, was sie in die Finger bekam. Die Durchsage des Piloten unterbrach die obskure Zweisamkeit. »Ach, komm! City Airport? Ich wollte Heathrow. Hört sich um einiges besser an als London City Airport«, flachste sie.

Nach der Landung stakste Alex wie ein Kind hinter Sergey her. Mit großen Augen und offenem Mund genoss sie die Stimmung Londons. Ausgelassen stieg sie in ein Black Cab ein und zitterte vor Aufregung. Sie setzte sich dicht an Sergey heran und hielt sich an seinem durchtrainierten Arm fest. In perfektem Englisch wies dieser dem Taxifahrer den Weg.

Vor dem Tor der kleinen Farm im Stadtteil Borough of Barnet warteten zwei englische Kollegen in Zivil. Der betagte Constable Alfred und die jüngere Chief-Inspektorin Catharine, genannt Cat, begrüßten die beiden mit einem festen Händedruck.

»Nun!«, eröffnete Alfred das Gespräch. »Die Dame des Hauses erwartet Sie, nicht wahr?«, und er ging vor. Die jüngere, ranghöhere Cat folgte ihm auf Schritt und Tritt. Verdutzt schritten Sergey und Alex hinterher.

Die vier umrundeten das imposante Haus der Familie

Walthers und betraten die Poolterrasse. Susan saß in Decken gehüllt unter dem Vordach und trug die originale Sonnenbrille aus dem Film *Frühstück bei Tiffany*. Dadurch vermochte man schwer zu erkennen, ob sie wach war oder schlief. Ein unangenehmer Chlorgeruch lag in der Luft, den offensichtlich ein totes Eichhörnchen im Schwimmbecken zu verschulden hatte.

Alfred, der die Familie Walthers seit Lebzeiten kannte, stand Panik in den Augen geschrieben beim Anblick von Susan. Abgemagert bis auf die Knochen und leichenblass prostete sie der Gruppe mit einem Whisky in der Hand zu. »Bedienen Sie sich!«, gluckste sie und verschluckte sich um Haaresbreite an einem Eiswürfel.

»Wie kann ich Ihnen behilflich sein«, lallte sie und spottete zynisch hinterher: »Als ob ihr Aasgeier mein Leben nicht schon genug ausgeschlachtet habt.«

Alfred beruhigte Susan und erklärte ihr einfühlsam, dass es ähnliche Vorfälle wie den ihrer Tochter gab. Die zwei Ermittler aus dem Schengenraum brächten mehr Klarheit über Samanthas Tod. Sergey schwamm auf der einfühlsamen Welle Alfreds mit und versuchte Einzelheiten zu erfahren. Susan stand auf, stellte sich vor die Gruppe und exte den Inhalt ihres Glases weg. Nach einem Hicks erzählte sie erstaunlich sachlich das Geschehene. Die Beamten folgten gebannt ihren Ausführungen. Sie beendete ihre Geschichte damit, dass der Tod ihrer Tochter den der Europäer aufwerten würde.

Unerwartet schoss Alexandras Hand aus der Gruppe hervor und krachte mit voller Wucht in Frau Walthers leichenblasses Gesicht. Alfred und Sergey zuckten erschrocken zusammen und sprangen ein Stück zu Seite. Susan sackte seitlich weg und schlug hart mit dem Kopf auf den Boden. Alfred rannte ihr vergebens entgegen, um sie aufzufangen. Sergey stand wie angewurzelt daneben. Cat reagierte angemessen, packte Alexandra und setzte sie mit einem Polizeigriff, dem Armhebel, außer Gefecht.

Alfred bemerkte recht fix, dass Susan nicht stark genug war, die Ohrfeige unbeschadet wegzustecken und befahl Sergey, sich um sie zu kümmern. Danach trat Alfred ein paar Schritte zurück und forderte über Funk einen Notarzt an. Danach half er Cat, Alexandra zu fixieren, da die zwei Frauen in ein heftiges Gerangel miteinander verstrickt waren.

Alexandra fand sich schnell in Alfreds Bobbycar wieder. Auf der Rückbank eines Streifenwagens zu liegen mit dem Gesicht zu Boden, empfand sie als ziemlich unangenehm. Ein Einsatzfahrzeug nach dem anderen traf am Ort des Geschehens ein. Dumpf bekam sie die Gespräche von außen mit. Mit ein paar Drehungen schaffte sie es irgendwie, sich hinzusetzen.

Einige Polizisten tummelten sich um den Streifenwagen und ein Raunen ging herum, als Susan auf einer Liege in den Krankenwagen geschoben wurde. Alfred befahl zwei jungen Kollegen Alex zur Wache zu fahren. Er selbst stieg mit in den Krankenwagen ein.

Die Fahrt zur Wache verlief surreal, da die zwei jungen Polizisten sich in keiner Weise um Alex scherten. Den ersten Stopp legten sie an einer Konditorei mit einer Teepause und einem Bagel ein. Mit einem Briefeinwurf verlief der zweite Stopp zügiger. Auf der Wache angekommen, wurde Alex wie eine Schwerverbrecherin in den grauen Verhörraum mit Spiegelfenster geleitet.

Alexandras stetes Nachfragen, wieso man sie festnahm, ignorierten die englischen Kollegen. Die Tür des grauen Zimmers fiel ins Schloss. Von dem Moment an war sie allein im Raum. Nach einer Weile aufrechten Sitzens, fläzte sie sich auf den Tisch. Mit dem Kopf auf dem Arm schlief sie ein.

Cat und Sergey unterhielten sich angeregt über die

Gesamtsituation und flirteten dabei auf Teufel komm raus miteinander. Dass ihr Handy durchgehend surrte, bemerkte die junge Chief-Inspektorin erst, als Sergey sie darauf hinwies. Alfred meldete sich aus dem Krankenhaus und übermittelte ihr eine schlechte Nachricht. Cat vernahm diese und beendete das Telefonat. Die Tatsache, dass Susan ihren Hirnblutungen erlegen sei, war ein Schock für Cat und Sergey, auch weil Alex für seine Recherchen dadurch nicht mehr zur Verfügung stehen würde. Er hoffte auf ein mildes Urteil für sie. Bevor er sich von Cat verabschiedete, notierte er sich ihre Handynummer und flog dann nach Zürich, um in seinem Büro weitere Schritte zu planen.

Zu späterer Stunde ließ Alfred seinen großen Schlüsselbund auf die Tischplatte im Verhörraum knallen. Alex schreckte auf und sah den in kompletter Uniform und Schutzhelm gekleideten Bobby fragend an. Er erzählte ihr, dass Susan gestorben sei und dass sie wegen Totschlags vor Gericht gestellt würde. Er erklärte weiter, dass er und seine Kollegin sich für sie einsetzten, um ein milderes Urteil zu erwirken. Alex sah ihn fragend an und wartete auf die Auflösung des Scherzes.

»Du bist doch nicht ganz sauber in deiner Birne!«, schoss es aus Alex heraus und sie verlangte, dass er sie frei ließe. Auf die Frage: »Wo ist Sergey?«, erklärte er ihr, dass er nach Zürich gereist sei und ihr Glück wünsche. Mit lautem Gelächter richtete sich Alex wieder in ihrem Stuhl auf und verweigerte von diesem Moment an jede Aussage. Alfred setzte sich zu ihr an den Tisch und wartete mit ihr gemeinsam auf den Pflichtverteidiger.

Es verging eine lange Zeit des Schweigens, bis sich die Tür plötzlich öffnete. Alfred zuckte leicht erschrocken zusammen, Alex saß ihm emotionslos gegenüber. Cat stellte ein Glas Wasser auf den Tisch und verschwand wieder aus dem Raum hinter den Spiegel. Alfred drehte sich kurz zur

Tür und rutschte beim Anblick des leeren Glases verdutzt ein Stückchen mit dem Stuhl zurück. Fragend schaute er Alex an. Ihre Zunge bewegte sich flink um ihren Mund herum. Danach verfiel sie in eine starre, kerzengerade Sitzposition. Ein leichtes Schaudern kroch über Alfreds Nacken und er nahm sich vor, das Überwachungsvideo anzusehen. Er wollte feststellen, wie sie es hatte schaffen können, das Glas zu leeren, ohne dass er es mitbekommen hatte. Immer noch verlor keiner der beiden ein Wort. Schweigend saßen sie sich abermals gegenüber.

Der Pflichtverteidiger polterte in den Raum und stellte sich vor: »Legal Counselor Samuel Smith, mein Name!«. Alfred stand auf, um dem Verteidiger Platz zu machen, da befand sich Alex plötzlich mit einer Scherbe bewaffnet hinter Smith und drückte ihm das Glas an den Hals.

»Auf ins Gericht, nicht wahr!«, befahl sie den Anwesenden im perfekten Londoner Slang. Der Pflichtverteidiger drehte sich zur Tür und bewegte sich vorsichtig dorthin. Er war verblüfft darüber, dass Alex die Örtlichkeiten in einem für sie unbekanntem Gebäude kannte und ihn Richtung angrenzendem Gerichtssaal steuern wollte. Alfred stand starr, wie einst Gary Cooper in dem Film *High Noon*, mit der Hand am Teaser da und wartete auf eine Möglichkeit, Alex zu entwaffnen. Eine beängstigende Situation entstand in dem Raum. Die Anspannung der drei spiegelte sich in ihren Gesichtern wider. Es war das erste Mal in Alfreds Beamtendasein, dass sich sein zur Uniform gehörender schwarzer Schutzhelm immens auf seine Psyche drückte, die ihn zu zerquetschten drohte.

»Na los! Mach auf«, raunte die Geiselnehmerin und nickte zur Tür. Schweißnass blickte der Constable Richtung Spiegelfenster und zwinkerte mit dem rechten Auge seiner Kollegin Cat zu. Die öffnete die Tür und langsam tippelte der Legal Counselor voran. Unbewusst versprühte Alex ein Pheromon, das sich in Windeseile in den Räumlichkeiten ausbreitete. Mit jedem Pulsschlag sonderte sie es immerwährend aus. Es bewirkte, dass Personen, die mit dem Botenstoff in Berührung kamen, sich erst irritiert fühlten und dann von Alex manipuliert oder gelenkt wurden. Mit jedem Schritt wurde der Counselor daher lockerer und entspannter. Er führte die Deutsche durch das Gebäude zum Gerichtssaal. Alfred und Cat folgten den beiden in gebührendem Abstand und wirkten dabei sehr mechanisch in ihren Bewegungen. Unmengen von Polizisten beäugten das Geschehen. Der Botenstoff war so stark, dass niemand wusste, wie er reagieren sollte. Von Alex kontrolliert, ließen sie ausschließlich den Weg in das hohe Gericht frei zugänglich.

Eine massive Eichentür öffnete sich und gab den Blick in einen großen Saal frei. Das Tageslicht schien durch die bunten Bleiglasfenster und hüllte den Saal in verschiedene Farben. Gemälde von hochrangigem Adel verzierten die Wände und opulente Kronleuchter rundeten das Bild ab. Eine zarte Stimme schallte durch den Saal und sprach Alex direkt an: »Bitte setzten Sie sich, ich habe Sie irgendwie schon erwartet.«

Die Bobbys beendeten ihre Überwachung an der Eichentür und zogen sich in den Hintergrund zurück. Alex marschierte mit ihrem Counselor Smith die Bankreihen entlang zum Judge Table. Die zarte Stimme verwies auf den Tisch am Ende der Bankreihen und ihrer beider Plätze. Der Counselor nahm Platz. Alex verweigerte es, sich zu setzen und forderte die Richterin auf, ein schnelles Urteil bezüglich ihrer Situation zu fällen. Etwas perplex erörterte die zarte Stimme der Richterin, dass der Tod Susans nicht Alex' Verschulden war. Susan nahm im Laufe des Tages eine zu hohe Medikamentendosis zu sich, woraufhin die Hirnblutung einsetzte. Die Festnahme von Alex sei dadurch unrechtmäßig. Dafür würde Constable Alfred zur Rechenschaft gezogen werden müssen. Die Geiselnahme dagegen könne sie in keiner Weise dulden und ihr deshalb ein Mindestmaß an Schuld zuweisen. Die Richterin bot Alex zwölf Monate Vollzug an und klopfte mit ihrem Hammer auf den Tisch.

Die Scherbe fiel zu Boden und Alex kniete sich mit den Händen über dem Kopf verschränkt hin. Der Counselor gluckste kurz amüsiert und bat sie aufzustehen: »Wir sind nicht im Wilden Westen!« Höflich bot ein Gerichtsdiener der Angeklagten an, ihm zu folgen. Sie führten sie aus dem Gebäude und fuhren mit ihr in die Justizvollzugsanstalt Wandsworth.

Je-zem-lya – Jesaja

Der Frauentrakt in der JVA Wandsworth glich eher einer Wohngemeinschaft in einem Studentenheim. Die Anzahl der gewalttätigen Frauen war verschwindend gering im Vergleich zu den Männern. Recht schnell freundete sich Alex mit den hier einsitzenden Britinnen an. Sie genoss das einfache und durchstrukturierte Leben eines Knastis und las unzählige Bücher. Beim Tütenkleben schmiedete sie Pläne, wie sie Sergey eins auswischen würde, weil er sie im Stich gelassen hatte. Durch ihre ruhige und abgeklärte Art mutierte sie zur Seelsorgerin sowie Ratgeberin für ihre Mithäftlinge. Mit jedem Tag wuchs ihr Bäuchlein und die Strafvollzugsbeamten kümmerten sich liebevoll um die schwangere Deutsche. Im neunten Monat wurde Alex verlegt, um ihren Sohn zu gebären.

Sie nahm das Angebot einer alten schottischen Adelsfamilie an und gab ihn zur Adoption frei. Mit einem Helikopter überführte man die Hochschwangere nach Fort Augustus, am Loch Ness gelegen, und lieferte sie in das dortige Medical Center ein. Bis zur Geburt fehlte es der Polizeibeamtin a. D. an nichts.

Der Tag der Geburt verlief anfangs recht gediegen. Frühstück, Wehen, Duschen, Wehen und die Zeit der Wehen verkürzte sich langsam. Ein unangenehmes Jucken am Bein irritierte Alex ein wenig. Dass sie es während der Wehen spürte, verblüffte sie, da sie es nur damals in der Badewanne so stark wahrgenommen hatte.

Die Hebamme schob die werdende Mutter auf die Terrasse, um ihr ein wenig frische Luft zu gönnen. Die Sonne stand hoch am Himmel und flimmerte in der Hitze der Südwinde. Mit einem Mal färbte der Saharasand die Sonne rötlich. Alex Narbe juckte und ein Schmerz von unbeschreiblichen Ausmaßen durchzuckte ihren Körper. Ihr Bauch fing an zu beben und sie rutsche aus dem Rollstuhl. Dabei schrie sie auf und presste das Kind aus ihrem Schoss. Der Junge zappelte wie ein Fisch im Netz. Die Hebamme rannte verstört auf die Terrasse und versuchte den Jungen mit dem Handtuch zu fangen. Nach einem Fehlversuch schaffte sie es, das Kind zu greifen. Alex presste die Nachgeburt heraus und schrie laut: »Je-zem-lya!« Die Hebamme schnitt die Nabelschnur durch und huschte mit dem Kind in den Nachsorgeraum.

Wie von Sinnen strömten merkwürdige Sätze aus Alex heraus. Dabei streckte sie ihre Arme Richtung roter Sonne. Zwei Pfleger packten sie und setzten sie in den Rollstuhl. Verstört von den Tönen und Klängen ihrer Patientin, die sonst eine ruhige und nette Person zu sein schien, brachten sie sie in den Behandlungsraum. Dort fixierten sie Alex ans Bett. Der Arzt verpasste ihr direkt eine Beruhigungsspritze. Bevor sie wegtrat, versuchte er den Namen des Kindes zu erfahren. »Je-zem-lya«, murmelte sie kurz und schlief ein. Der Arzt kniff die Augen zusammen und kam zu dem Schluss, dass der Junge Jesaja heißen solle.

23. Oktober 2009

Cecil Warren griff sich ihre Hacke und die Gießkanne. Auf dem Weg nach draußen gab sie dem Bild ihres Mannes einen Kuss und verabschiedete sich von ihm. Bevor sie die Tür schloss, drehte sie sich noch einmal zu ihm um und flachste: »Lass die Finger vom Schnaps!«

Cecil Warren war mit ihren dreiundneunzig Jahren die älteste Bewohnerin des Avon Way in Didcot. Sie machte es sich seit dem Bau der Umgehungsstraße in den achtziger Jahren zur Aufgabe, den Kreisverkehr zu pflegen. Sie meldete sich damals freiwillig, um den Gemeindehaushalt zu entlasten. Der Hauptgrund für ihre akribische Arbeit im öffentlichen Raum war mittlerweile der, dass ihr Mann Jack an diesem Kreisverkehr tödlich verunglückt war.

Früher kannte Cecil jeden Bewohner, dem sie auf dem Weg zum Kreisel begegnete. Seit dem Bau einer Unterbringung für europäische Aushilfskräfte und Zeitarbeiter wandelte sich das Stadtbild rasend schnell. Niemand nahm mehr Notiz von der alten Dame.

Die Gießkanne dampfte wie eine Lokomotive in der Oktoberkälte. Mit heißem Wasser und einer Prise Dünger, schaffte es Cecil, das neu gepflanzte Vergissmeinnicht zu gießen. Mit der Hacke fischte sie Fastfood-Tüten aus den Büschen und entsorgte sie in der nahegelegenen Mülltonne.

Während ihrer Arbeit sprach sie unentwegt mit ihrem verstorbenen Mann und sinnierte über die längst vergangenen Zeiten. Die Autofahrer hupten zynisch, wenn sie die alte Lady im Kreisverkehr erblickten. Diese winkte fröhlich zurück und zischte ihrem Jack zu: »Anerkennung für Gemeindearbeit.«

Cecil verspürte ein leichtes Grummeln in der Magengegend und war erstaunt, dass sich ein schwarzer Kreis auf ihrer Schürze befand. Sie vermutete eine Verschmutzung und wischte mit ihrer rechten Hand über den Fleck. Erschüttert stellte sie fest, dass ihre Finger fehlten und dass Blut aus den abgetrennten Fingerkuppen suppte. Ihr Blutdruck sank bei dem Anblick in den Keller und sie kippte nach vorne über. Ungebremst klatschte sie frontal auf einen Grenzstein, der ihr Gesicht zertrümmerte.

Der gesamte Bauchraum von Cecil, garniert mit vier Fingerkuppen, wurde durch das schwarze Loch gezogen und verteilte sich über die braune, aus verwesenden Menschenresten bestehende Fläche, um die Je-sch-dark einen Schutzwall gebaut hatte.

Es war eine Zeit lang her, da Je-sch-dark versuchte, seinen Stamm über das Phänomen der aus dem Nichts auftauchenden Dinge zu informieren und sie zu warnen. Seine Aussage, dass es sich um einen exoplanetarischen Angreifer handelte, veranlasste die Gruppe, Je-sch-dark zu verbannen, da keines der anderen Je-sch-Wesen ihm Glauben schenkte.

Je-sch-dark kehrte nach seiner Verbannung an die Stelle zurück und errichtete einen Schutzwall aus Weesewurzeln. Zusätzlich bearbeitete es einen Felsen, der den Angreifer zerquetschen sollte.

Der zwei Meter große Diamantfels lag direkt an einer Anhöhe und rollte, wenn man den Sicherungsstein entfernte, passend auf die braune Stelle zu. Je-sch-dark befand sich in einem Herbst-Zyklus-Alter seiner Gattung und war deswegen nicht mehr das agilste Wesen. Es vermochte jedoch die Sicherung des Steins mit seinem Sy-sch zu entfernen.

Der Sy-sch war ein Wurfstab und wurde vorsichtig aus einem toten Weeseast gefertigt. Er diente in erster Linie als Gehstock.

Die Symbiose von Weesepflanzen und Je-sch-Individuen war essenziell für das Überleben auf dem Planeten Kepler 2-18b, da es ausschließlich diese beiden Lebensformen schafften, sich auf dem Planeten zu etablieren.

Ein Szintillieren ließ Je-sch aufmerksam werden und es bewegte sich langsam auf den aus Menschenresten verwesenden Matschhaufen zu. Vorsichtig stocherte es in dem toxischen Haufen herum und fischte ein Blatt heraus. Verblüfft sah Je-sch es sich an. Das Passbild von Jack Warren verursachte ein irritierendes Gefühl und es legte das Bild vor sich auf den aus Goldstaub bestehenden Boden. Je-sch vermutete das Abbild der Angreifer und wunderte sich über dessen merkwürdiges Aussehen.

Alex genoss die frische schottische Luft, griff ihre Tasche und begab sich in ihre neue Freiheit. Sie legte die Fußfessel auf den Tisch und schritt erleichtert aus der Hütte. Einen Monat nach der Geburt verbrachte sie den Rest ihrer Strafe dort unter Auflagen und genoss die Ruhe sowie den Ausblick auf Loch Ness. Über einen kleinen Schotterweg erreichte sie die nahegelegene Bushaltestelle.

Sie seufzte und ihr Blick wanderte unentwegt die malerische Landschaft der Highlands entlang.

Ein Fahrzeug bog auf den Schotterweg ein und fuhr direkt auf Alex zu. Beim Bremsvorgang auf dem staubtrockenen Boden, umhüllte sie eine unangenehme Staubwolke. Alex kniff die Augen zusammen und hoffte, dass der Pkw es vor ihrem Körper zum Stehen schaffte. Das Fenster der Beifahrerseite öffnete sich.

»Sie sind wieder im Dienst. Steigen Sie ein!«, rief Sergey der erschrocken dreinschauenden Kollegin entgegen. Kopfschüttelnd stieg sie ein und Sergey knallte ihr ungefragt einen Ordner auf den Schoss. Bevor sie etwas sagen konnte, erzählte er ihr, dass es einen vierten Fall gäbe und sie Einblick in die Akten nehmen solle. Sie hätte dafür genügend Zeit, denn die Fahrzeit betrüge neun Stunden.

Alex öffnete den Ordner und erstarrte. Mit einem Kloß

im Hals schloss sie für eine Minute die Augen. Tims Bild auf der ersten Seite ließ jeden Moment des Tages wie Sodbrennen in ihr hochkommen. Sie fühlte, nahm dieselben Gerüche wahr und zitterte wie damals. Akribisch las sie die Worte und jeden Satz aus den Akten zwei-, dreimal, um nichts zu übersehen. Sergey sorgte indes für ein ruhiges Raumklima, damit sich seine Kollegin voll und ganz auf den Ordner konzentrieren konnte.

»Fahren Sie in Lancaster ab. Da gibt es ein Holiday Inn. Ich bin müde«, sprach sie und Sergey kam der Bitte nach.

In der Hoffnung, Alex vernaschen zu können, schob er die zwei Betten zusammen und schlug die Bettdecken auf. Danach huschte er zum Automaten, um Snacks und Getränke zu besorgen. Im Zimmer drapierte er die Köstlichkeiten auf den Nachtschränkchen und wartete auf ein freies Badezimmer.

Alex wusch sich ihre Vergangenheit aus den lockigen Haaren und genoss die Wellness-Pröbchen mit Shampoo und Spülung. Nach der Dusche freute sie sich über die Gesichts- und Hautcreme. Sie schlüpfte in ihre Wohlfühlunterwäsche und ummantelte ihre weiblichen Rundungen mit einem flauschigen Saunatuch. Sie tippelte aus dem Bad, plumpste ins Bett und fing kurz darauf an zu schnarchen. Sergey beobachtete sie und hoffte auf einen befriedigenden Abend, der aber offensichtlich hier enden sollte. »Schade«, dachte er sich.

Am nächsten Morgen saß Alex bereits startklar im Sessel, während Sergey noch im Bett lag. Sie bewarf ihn mit Nüssen. Dabei zielte sie auf seinen knackigen Po. »Schlafen Sie immer nackt?«, fragte sie, weil er sich kurz nach einem Nusstreffer umdrehte. »Ja. Wieso?«, antwortete er und quälte sich müde aus dem Bett. »Sie haben da was am Bauchnabel«, flachste sie und zog die rechte Augenbraue hoch. Er drehte sich um und spannte sein Sixpack an. Dabei rieb er sich eine Nuss aus einer Muskelfalte und genoss die Blicke seiner Kollegin. Er zog sich einen Slip an und stopfte sein Gemächt in den zu kleinen Stofffetzen. »Was halten sie von Panties? Sieht nicht so nach Ken aus!« Sergey fing an zu lachen und schnippte seine Bauchfalten-Nuss Alex entgegen.

Nach einem Snackfrühstück mit Dosenkoffein begaben sich die beiden auf den Weg Richtung Didcot. Sergey fing auf der Fahrt an, seine Fakten aufzulisten. »Timo, Sven, Samantha und Cecil. Nichts stimmt überein! Weder das Alter: zehn, zweiundvierzig, sechzehn sowie dreiundneunzig. Weder verwandt noch verschwägert. Die Orte: Deutschland, Niederlande und zwei in England. Nicht einmal die Verletzungen sind gleich. Abgetrennter Unterleib, Oberkörper, Kopfhälfte und das bizarre Loch im Bauch von Cecil.«

Alex hörte sich die Fakten an und erörterte zu dem Fall Cecil: »Wäre es möglich, dass sie mit ihrer Hand das Loch in ihrem Bauch wegzuwischen versuchte, und dass das ihre Finger ebenfalls abtrennte?«

Die zwei saßen eine Zeit lang sprachlos nebeneinander und ihre Köpfe rauchten. »Unmöglich!«, schoss es aus Sergey heraus. »Obwohl?« Er forderte Alex auf, die Orte auf der Landkarte zu markieren. Nach einer Weile teilte sie ihm mit, dass alle Orte auf ein und demselben Breitengrad lagen. Sergey betrachtete die Taten nun aus einer wissenschaftlichen Sichtweise. Er flocht die Zeitangaben und die Tageszeit mit ein. »Einmal im Monat geschieht morgens etwas auf dem Breitengrad, aber was? Ein Laser?«

Nach einem Tankstopp und einem Telefonat mit seinem Mitarbeiter in Zürich erreichten sie Didcot.

Die kleine Polizeiwache war umlagert von der Presse. Sergey steuerte nah an den Eingang heran und stupste durchgehend Reporter mit seinem Kotflügel aus der Bahn. Ein paar gepflegte Bodychecks später betraten die zwei die Wache. Der völlig überforderte Constable der kleinen

Didcot-Wache begrüßte sie mit großen Augen und meinte: »Interpol! Wie aufregend, nicht wahr?«. Er erzählte den beiden, dass es in Didcot noch nie einen Mord gegeben hatte und er von der Schar an Medienvertretern überwältigt war. Danach führte er die beiden durch die Wache.

Mehrere James-Bond-Witze später befanden die drei sich im Kellergewölbe der Wache und standen vor der offen gelegten Cecil. »Die Obduktion hat ergeben, dass sie dem hohen Blutverlust, bedingt durch das Loch in ihrem Bauchraum, erlag!«, erörterte der überforderte Constable. »Vielen Dank!«, antwortete Alex und überredete ihn, Tee und Gebäck vorzubereiten, da der Herr vom Geheimdienst sich die Leiche in Ruhe ansehen wollte. »Wen wundert's?«, nickte der Constable und huschte erleichtert aus dem kühlen Raum. Sergey seufzte dankbar und fing an, Cecil zu untersuchen.

Es dauerte nicht lange, da wusste Sergey immer noch nicht, wie ein Loch in einem menschlichen Körper entstehen konnte, ohne Anzeichen von Fremdeinwirkung.

Die zwei tranken eine Tasse Anstandstee mit dem Constable und sinnierten mit ihm über den Geheimdienst an sich. Die *Agenten*, Alex und Sergey, verabschiedeten sich und begaben sich auf den Weg in die *Geheimzentrale* nach Zürich.

Interpol Zürich

Entspannt stellte Sergey die Kollegin Alex vor. Man spürte regelrecht, dass er in dieser Behörde zu Hause war und sich bei seinen Kollegen wohlfühlte.

Das Büro seiner Einheit versprühte den Charme einer Lagerhalle. Graue, hohe Wände, Notausgangsbeschilderung und Feuerlöscher waren der einzige Farbtupfer. Den Mitarbeitern standen eigene Schreibtische zur Verfügung, die leicht schräg, rechts und links vom Mittelgang, aufgestellt waren. Am Ende des Ganges stand Sergeys Schreibtisch mittig im Raum. Über diesem hing ein großer Monitor.

Neugierig beäugt, erzählte Alex von Timo und ließ kein Detail aus. »Hochinteressant!«, meldete sich eine Stimme aus der hintersten Ecke. Ein blasser, dünner junger Mann mit Nerdbrille schlängelte sich durch die Reihen der durchtrainierten Kollegen und stellte sich mit einer japanischen Verbeugung als Runar vor.

Runar hatte sich mit sechzehn bei Interpol beworben und steuerte daraufhin seine Schul- und Ausbildung, um diesen Beruf als Analyst auszuüben. Vor einem Monat bekam er die höchste Informationsfreigabe-Stufe für Angestellte und wurde somit zum jüngsten Mitarbeiter der wissenschaftlichen Aufklärungseinheit sowie Keyuser.

Er nahm Alex an die Hand und führte sie an seinen Schreibtisch. Er überreichte ihr eine VR-Brille und legte ihr einen Controller bereit. Wissbegierig setzte sie die VR-Brille auf und startete mit dem Kontrollpad die Animation.

Ein Gefühl der Leichtigkeit überkam sie, weil ihre Hände über die Ähren glitten, was der warme Sommerwind unterstrich, denn eine leichte Brise wirbelte das goldgelb schimmernde Feld auf.

Binnen Sekunden switchte ihr Körper in extreme Anspannung, denn der begabte Nerd hatte das Knurren des Hundes miteingefügt. Die Animation war bis ins kleinste Detail ausgeklügelt. Nach dem Schuss auf den Hund verharrte die Animation im Pause-Modus. In dieser Einstellung vermochte man das Opfer Timo heranzuzoomen, sowie den Blickwinkel zu verändern. »Nach welchen Vorgaben haben sie die Animation erstellt?«, wollte Alex wissen und nahm die Brille ab. Runar antwortete: »Nach dem, was die Akte hergab. Wieso?«

Er legte das Bild von Timo auf den großen Monitor über Sergeys Schreibtisch und umkreiste mit einem Laserpointer das Opfer. Sachlich erzählte er den Kollegen, mit welchen Informationen er arbeitete, und achtete dabei penibel auf Alexandras Reaktionen. Sie war die große Unbekannte, die ihm bei seinen Berechnungen, in Sachen Emotion und Echtheit des Tatortes, fehlte.

Zu welchem Schluss er, was die Wunden angeht, gekommen sei, wollte er nicht sagen. Sergey befahl ihm, seine These zu offerieren. Runar erläuterte, dass alle Wunden weder Brand noch Schnittspuren aufwiesen. Diesbezüglich fielen Laser und Schneidewerkzeuge weg. Ergo bliebe nur eine wissenschaftliche Möglichkeit offen.

Wie aus einem Mund sprach die gesamte Belegschaft: »Die wäre?«

»Ein schwarzes Loch!« Nach einer zehnsekündigen kollektiven Stille schüttelten die meisten mit dem Kopf und gingen ihren täglichen Aufgaben nach.

Nicht alle Kollegen gingen weg. Sergey und Alex nahmen den Nerd beiseite und luden ihn auf einen Kaffee im Seminarraum ein, um ungestört mit ihm zu reden.

»Ein schwarzes Loch?«, wiederholte Sergey und bot den beiden an, sich zu setzten. Runar erwiderte: »Eine Anomalie!« »Ein schwarzes Loch würde sämtliche Materie in

Bruchteilen von Sekunden absorbieren!«, fügte er nach einer Atempause hinzu.

»Sie meinen, es entsteht ein Loch, durch das wahllos Körperteile abgetrennt werden?« Sergey konnte es beim Aussprechen selbst nicht glauben. Runar verdrehte die Augen und schnitt ein Loch in ein Blatt Papier. Er brach Sergeys Bleistift in zwei Teile und demonstrierte damit, dass ein Loch entsteht und der Bleistift ein Körper sei. »Bei Timo ereignete es sich so, dass der Junge in das Loch hineingerutscht ist und der Hund ihn herausgezogen hat.« Des Weiteren erklärte er: »In Svens Fall musste das Loch über ihm erschienen sein und ließ die Beine stehen.« Eine Gedankenpause später fuhr er fort: »Da liegt es bei Samantha auf der Hand, dass sie lag und das Loch vertikal erschien und einen Teil des Kopfes abtrennte.« Er verwies auf den Monat Oktober und erzählte: »Cecil untermauert diese These, denn bei ihr erschien es ebenfalls vertikal. Im Bauchraum.« Alex und Sergey hörten gebannt zu und Runar startete durch: »Die Tatorte lagen alle auf dem Breitengrad 51,62. Diesbezüglich gehe ich davon aus, dass die Position der Erde ausschlaggebend für die Stellung des Loches ist!« »Mit dem Datum kommt dahingehend eine Sache in Frage.« Runar flocht hier eine Spannungspause ein und kurz bevor die zwei Kollegen ihn anstupsten, fuhr er fort: »Das CERN!«

Fragende und furchteinflößende Blicke hielten Runar in seinem Stuhl fest. Er erklärte, dass das CERN eine europäische Organisation für Kernforschung sei und physikalische Grundlagenforschung mit einem Teilchenbeschleuniger betreibe. Runar reichte Alex eine Handynummer entgegen und meinte: »Meine große Liebe Isabell arbeitet dort!« Die zwei Beamten sprangen aus ihren Stühlen und vereinbarten einen Termin mit Isabells Büro in Genf.

Die Fahrt nach Genf zum Hauptsitz des CERN verlief recht schweigsam. Die zwei Protagonisten versuchten die geballte Ladung Nerdwissen zu sortieren. Ein saftiger Burger, abgerundet mit Dosenkoffein, lieferte genug Energie, um sich dem Thema erneut zu widmen. »Was ist auf der anderen Seite des Loches?«, fragte Alex und Sergey zuckte mit den Schultern.

In Genf verfuhr Sergey sich direkt und fand erst eine Stunde verspätet den Parkplatz *du Globe*. Alex kochte vor Wut, denn Pünktlichkeit war ihr Kryptonit. Im *Globe of Science* fragten sie sich zu Isabell durch und wurden fündig. »Sie sind zu spät«, sprach der gebürtige Franzose die Polizisten an. Verdutzt sahen die zwei den attraktiven Jüngling an. »Ich vermute, Sie erwarteten eine Frau?«, flachste Isabell. Sergey schüttelte verlogen den Kopf und Alex nickte ihm beipflichtend zu. »Einen kuriosen Fall haben Sie da. Ich hoffe, wir können Ihnen weiterhelfen.«

Der Weg in Isas Büro war ein Labyrinth aus Gebäuden, Gängen und Hochsicherheitstüren. Man war einem ständigen Abtasten der Securities ausgeliefert. Isa öffnete seine Bürotür und das Zimmerlicht dimmte langsam in den optimale Lux-Bereich. Der Raum spiegelte einen eher kalten Gesamteindruck wider. Ein weißer Schreibtisch und vier ergonomisch geformte Stühle standen in einem ganzheitlich verglasten Zimmer. Mit ein paar Handbewegungen und Stimmbefehlen verwandelte Isa durch Projektionen den Raum in ein optisches Behördenzimmer.

»Oh, bitte, eine einsame Insel«, juchzte Alex und klatschte dabei in die Hände. Isa kam der Aufforderung grinsend nach und zauberte eine Malediven-Optik an die Wand mit Rattan-Stühlen. Sergey unterbrach die Spielereien und lenkte die Aufmerksamkeit der zwei zurück zum Thema.

»Theoretisch wäre es möglich!«, setzte Isa das Gespräch fort. Dann stand er auf und zauberte eine Animation des Teilchenbeschleunigers auf die Wand und fügte die Orte der Erscheinungen mit ein. Er animierte mehrere Durchgänge und ergänzte sie mit dem nächsten Termin, an dem der Teilchenbeschleuniger in Betrieb geht. Sergeys Handy bekam eine eingehende Nachricht und Isa wies ihn darauf hin, an diesem Termin pünktlich zu sein. Es würde der letzte in diesem Jahr für einen Run sein und ein schwarzes Loch wartet nicht.

Realität oder Fiktion

Sergey war geschockt, dass Isa ihm eine Nachricht schicken konnte, ohne ihn je nach seinen Handydaten gefragt zu haben. Auf dem Parkplatz verabschiedete sich Sergey von Alex und wünschte ihr bis zu dem Termin alles Gute. Sie stand mit offenem Mund vor ihm und fragte achselzuckend: »Wo? Wann?«. Er würde sie kontaktieren, antwortete er, stieg in sein Auto und fuhr davon. Empört über das kindische Getue blieb Alex auf dem Parkplatz stehen und sah sich um.

Sie begriff schnell, dass er nicht scherzte, schrie einmal laut los und machte sich auf den Weg nach Hause. Keine fünfhundert Meter Fußweg später kehrte sie in ein indisches Restaurant ein, nahm Platz, legte ihren Kopf auf den Tisch und schluchzte los. Der Inhaber trat an sie heran und erklärte ihr, dass die Küche im Augenblick nicht geöffnet habe. Alex bestellte einen Masala-Kaffee und beobachtete den Schankbereich. Ein Angestellter polterte durch die Eingangstür, klatschte seinen Autoschlüssel auf den Tisch und verschwand schimpfend in der Küche.

Alex sprang auf, stibitze den Schlüssel und huschte aus dem Lokal. Das Auto zu dem passenden Schlüssel war ein Tata Estate Kombi, der direkt vor dem Eingang stand. Sie stieg ein und schnurrte wie ein Kätzchen mit ihm davon. Während der Fahrt noppte sie das im Fahrzeug liegende Navigationsgerät an die Frontscheibe und tippte die schnellste Route nach Basel ein. Für Orte außerhalb der Schweiz verwies das Navi auf ein Jahresabo. Da sie nicht die Besitzerin war, sparte sie sich das Update.

Hinter Lausanne leuchtete die Benzinlampe rot und Alex fuhr für einen Tankstopp in Murten ab. Sie wunderte sich ein wenig, dass niemand nach dem Fahrzeug fahndete. Erfreut entdeckte sie die Wechselgeldbörse des Inders und tankte voll.

Die Fahrt nach Basel verging wie im Flug und als sie die Grenze passierte, war sie froh wieder in Deutschland zu sein. Alex war entspannter denn je und weder Hunger- noch Durstgefühle plagten sie. Acht Stunden Fahrt und unzählige Baustellen später stand sie vor ihrer Wohnung und bemerkte ein reges Treiben durch das hell erleuchtete Wohnzimmerfenster.

»Da bin ich wohl obdachlos«, flachste sie lapidar und schlussfolgerte, dass sie nach über zwölf Monaten Abwesenheit wohl aus der Wohnung geklagt wurde. Sie atmete kurz durch und startete den Wagen.

Bär saß wie jeden Sonntag am Frühstückstisch und aß frische Bäckerbrötchen. Den Tisch deckte er aus Sentimentalität für seine Familie mit. Insgeheim hoffte er, dass einer der beiden sich zu ihm gesellte.

Plötzlich klopfte es an der Tür. Bär schreckte hoch und ein Tropfen Kaffee suppte auf sein Hemd. Nach dem Öffnen stand Bär mit offenem Mund da und Alex umarmte ihn herzlich.

»Och, was habe ich dich vermisst!«, verkündete sie und setzte sich an den Tisch. Bär war sprachlos und schloss langsam die Tür. Dabei rutschte ihm heraus: »Wo zur Hölle warst du?« »Das ist eine lange Geschichte«, antwortete sie und verwies auf das Frühstück. »Darf ich?«, fragte sie. »Klar, lang zu!«

Ausgehungert genoss sie die Brötchen. Sie erzählte ihm, was sie im letzten Jahr alles erlebt hatte und dass sein Sohn ein guter Polizist sei. Bär lauschte interessiert den Erzählungen seiner Kollegin und nahm sich vor, Sergey anzurufen. Nachdem sie mit ihrer Geschichte und fünf Brötchen fertig war, frotzelte sie wegen des Kaffeeflecks. Bär wurde rot und rieb ihn mit der Serviette weg. »Darf ich ein paar Tage hierbleiben?«, fragte sie hoffnungsvoll und sah ihn mit großen Augen an. »Klar!«, antwortete er und wusste nicht recht, wie er sich ihr gegenüber verhalten sollte. Ihre Geschichte klang dermaßen wild, es klang so gar nicht nach dem Leben seiner resoluten, strukturierten Kollegin.

Bär versprach, dass, bis sie eine Wohnung habe, sie bei ihm bleiben dürfe. Er bereitete Sergeys Zimmer für sie vor und gab ihr einen Schlüssel. Sie bedankte sich mit einer stürmischen Umarmung und verschwand in ihr neues Zuhause. Bär war aufgebracht und versuchte seinen Sohn zur Rede zu stellen. Er schaffte es nicht, den Anruf zu tätigen. Nach dem Wählen überlegte er es sich anders und legte auf. Am Abend entschloss er sich, es auf sich beruhen zu lassen.

Alex genoss es, mit Bär die Tage zu verbringen. Er ging arbeiten und sie schmiss den Haushalt. »Die Wohngemeinschaft der Einsamen«, flachste sie und versuchte ihn mit seinen Leibspeisen zu verwöhnen. Ab und an rief Bärs Frau aus dem Ausland an und Alex versicherte ihr, dass es ihm an nichts fehle. Sie solle sich keine Sorgen machen. Bär genoss es mittlerweile jeden Tag mit jemandem von seiner Arbeit sprechen zu können. Er erzählte ihr, was auf der Wache täglich passierte, und zusammen lästerten sie über den einen oder anderen Kollegen.

Nach einiger Zeit überredete sie ihn, mit ihr einen einfachen Fall zu bearbeiten. Sie vermisste die tägliche Arbeit. Die zwei interagierten famos miteinander und lösten den Fall in null Komma nichts. Auf der Wache schloss Bär die Akte ab und wurde von seinem Chef gelobt. Angefixt von dem Hype, brachte er einen Fall nach dem anderen mit nach Hause. Alex bereitete Snacks und Getränke für die Krimiabende vor.

Nach zwei Monaten stand Weihnachten vor der Tür und die WG bereitete alles für die Feiertage vor. Bär war aufgeregt, weil Alex es hinbekam seine Frau und sein Kind über die Feiertage einzuladen. Sie redete so lange auf seine Frau ein, bis sie zusagte. Sergey sagte erst dem Familientreffen zu, nachdem er erfuhr, dass Alex die Zeit über im Hotel übernachten würde.

Die Feiertage kamen und Bär staunte. Heiligabend stand seine Frau vor der Tür. Die zwei umarmten sich mehrere Minuten lang und genossen es sichtlich. Sergey benahm sich wie ein kleiner Junge, huschte an den beiden vorbei und mäkelte: »Macht das später.«

Bär rief jeden Abend bei Alex an und bedankte sich mit einer Kleinigkeit. Aufgeregt was es sei, lief sie nach seinem Anruf aus ihrem Zimmer und suchte die Rezeption auf. Die nette Frau an der Rezeption gab ihr einen großen Umschlag, auf dem *viel Spaß* geschrieben stand. Alex drückte ihn fest an ihre Brust und bestellte eine Flasche Baileys auf ihr Zimmer. Mit der Kleinigkeit im Arm tänzelte sie erwartungsvoll wie ein Teenager durch den Flur.

Geduldig saß sie in ihrem Zimmer und wartete auf den Zimmerservice. Die Überraschung vor sich, wählte sie auf ihrem Handy die passende Musik dazu aus. Das Getränk wurde geliefert. Sie gab Trinkgeld und bedankte sich. Schnurstracks setzte sie sich in den gemütlichen Hotelsessel und genoss einen großen Schluck ihres Baileys. Sie öffnete mit zittrigen Händen den Umschlag und konnte ihr Glück kaum fassen. Bär schenkte ihr einen Fall.

Mit einem Mal wurde ihr Hals trocken und ihre Stirn schlug Falten. Ihre Hand zitterte nicht mehr vor Aufregung, sondern vor Panik. Die Fallakte Kaffeehausmord fiel zu Boden und ein Stück einer Fotografie kam zum Vorschein. Alex erkannte Jops Leiche und ihre Augen füllten sich mit Tränen. Sie fühlte und erinnerte sich an den leidenschaftlichen Sex mit dem Café-Besitzer. Eine halbe Flasche Baileys trinkend, starrte sie geistesabwesend auf das Foto, bis ihr Mut allmählich zurückkam.

Sie hob die Akte auf und durchstöberte sie sorgfältig.

Bearbeiter war ihr geschätzter Kollege Peter Bärlauch. Er vermutete ein satanistisches Ritual hinter dem Mord, womit der Fall von höheren Behörden bearbeitet wurde, die durch Mangel an Beweisen oder jedweden Zeugen die Akte geschlossen hatten. Dadurch war sie sich ganz sicher, dass sie niemand verdächtigte. Sie platzierte die Akte auf den Tisch und legte sich mit ihrem Getränk ins Bett. Den Rest genoss sie direkt aus der Flasche.

Die Feiertage flossen wie zähflüssiger Honig dahin und Alex langweilte sich. Sie hielt sich gerne in der Lobby auf, um das Leben zu spüren. In ihrem Zimmer und ihren Träumen wohnte lediglich der Tod. Sie fand einen gemütlichen Ledersessel in der Nähe der Rezeption, in dem sie völlig versinken konnte. Sie hockte Stunde um Stunde in diesem Sessel und trank Tee. Ihr Blick fiel dabei auf eine Landkarte. Alex verlor sich in ihren Gedanken, während sie über Europa sinnierte, der Tochter des Agenor und der Telephassa, das Sinnbild für eine Liebe, die nicht erzwungen werden kann.

»Warte mal!«, dachte sich Alex, nippte an ihrem Tee, robbte aus dem Sessel und stellte sich direkt vor die Landkarte. Sie griff sich einen Bleistift und markierte die Tatorte mit einem Punkt. Danach die Anfangsbuchstaben der Monate und zum Schluss zog sie eine Linie dem Breitengrad nach. Sie vermutete, ihren Berechnungen zur Folge, dass der letzte Termin, den Sergey von Isabell bekommen hatte, der letzte Montag in diesem Jahr sei und wenn sie nicht alles täuschte, das letzte Mal auf dem Festland.

Alex startete ihre *Fröhlichsein-Playlist* auf ihrem Handy und ging in ihr Zimmer, um zu packen. Sie zog sich drei Outfits über, um nicht zu frieren, und steckte die Fallakte in die Seitentasche. Hoffnungsvoll griff sie sich den Schlüssel des *Tata Estate* und checkte an der Rezeption aus. Zwei Seitenstraßen weiter stand der Kombi in voller Pracht. Alex entfernte Schnee und Eis von den Scheiben und startete den Motor. Ein starkes *Brumm* und ein fröhliches *Ja* vereinten sich, und sie umarmte das Lenkrad.

Sie stieg nochmal kurz aus, um zu checken, warum der Wagen nicht gesucht wurde, entdeckte Marihuana unter der Warmhaltekiste und fuhr in den nahegelegenen Park. Dort winkte sie einen hageren, dünnen Mann herbei. Sie kannte ihn von der Arbeit. Maik war ein polizeibekannter Betäubungsmittelkonsument. Sie schilderte ihm, dass sie Geld bräuchte und ihm etwas anzubieten hatte. Irritiert stimmte er den Bedingungen des Deals zu und unterstrich dies mit seinem Einstieg in *ihr* Auto. Die zwei hielten an einem Friedhofsparkplatz an und Maik verschwand kurz. Alex öffnete den Kofferraum, hob die Warmhaltekiste an und zog unter ihr zwei Tüten hervor. Eine löchrige Marihuana-Packung und in der anderen vermutete sie Kokain. Maik drückte ihr ein Bündel Geld in die Hand, testete kurz die Ware und bevor er verschwand, sagte er zynisch: »Schäm dich, Bitch!«

Anschließend fuhr Alex tanken und besorgte sich ein paar Snacks für die lange Fahrt nach England. Bevor sie startete, checkte sie die Route im Handy. Geschockt von der Länge der Fahrtzeit, sackte sie in den Fahrersitz und wog ab. Wartete sie darauf, bis der kindische Interpol-Fatzke Sergey, der sie in der Schweiz einfach hatte stehen lassen, ihr den Termin von Isabell übermitteln würde, oder würde sie als taffe Beamtin agieren, die auf eigene Faust dem Unbekannten die Stirn bot? Sie setzte sich aufrecht hin und fuhr los.

Bär genoss unterdessen die Dreisamkeit und fühlte sich in alte Zeiten zurückversetzt. Es fehlte, dass Sergey auf seinem Schoß saß und er ihm vorlas. Bär kochte für seine Frau die altbekannten Köstlichkeiten und bewunderte sie bei ihren Online-Workshops. Er genoss den Anblick, wenn sie in ihrem Sportdress die Community zum Schwitzen brachte. Für ihn waren das die schönsten Feiertage seit Langem.

Sergey installierte direkt am ersten Tag, an seinem alten PC aus Kindertagen, das moderne Kommunikationssystem von Interpol. Er nutzte jede freie Minute, um sich darüber mit seiner Abteilung auszutauschen und die *Operation Dark Hole* zu planen. Die familiären Interaktionen empfand er am Anfang als recht anstrengend. Mit der Zeit gefiel es ihm besser und er fühlte sich immer wohler. Am letzten Feiertag hätte er beinahe vergessen, den Start für die *Operation Dark Hole* zu geben.

Für das letzte Frühstück mit seiner Familie gab sich Bär besonders viel Mühe. Als er damit fertig war, wartete er am Tisch. Seine Frau stakste mit ihrem Koffer aus dem Schlafzimmer und füllte Kaffee in ihre Thermoskanne. Sie gab ihrem Bären einen innigen Abschiedskuss und verduftete. Der kleine Bär tapste aus seinem Kinderzimmer und verschwand mit seinem Handy am Ohr im Bad. Bär ahnte, dass auch Sergey zeitnah das Weite suchen würde und aß genüsslich sein Frühstücksei. Lautstark organisierte Sergey den Beginn der *Operation Dark Hole*. Danach rauschte die Spülung und er schaltete beim nächsten Handygespräch auf Lautsprecher um.

Bär schmierte für seinen Jungen ein paar Brötchen und bekam mit, dass er Alex am anderen Ende hatte. »Du bist schon dort?«, schrie Sergey und brüllte weiter: »Woher weißt du, wo?« Nach der Antwort von Alex donnerte er sein Handy mit flacher Hand gegen die Wand. Sergey erfrischte sein Gemüt mit einem Schwall kaltem Wasser in sein Gesicht und gesellte sich dann zu seinem Vater. Grinsend fragte der: »Was hat sie geantwortet?« Die Antwort behielt er für sich und erklärte, dass er Alex unterschätzt hatte.

Bär nippte an seinem Kaffee und flüsterte: »Darf ich mitkommen?« Sergey rollte mit den Augen und flüsterte zurück: »Warum nicht.« Bär platzte vor Stolz und biss in sein Brötchen. Sergey stand auf und befahl: »In zehn

Minuten geht es los!« Dann verschwand er im Kinderzimmer.

Bär aß sein Brötchen auf und räumte flink den Tisch ab. Er öffnete den Tresor hinter dem Flurspiegel und entnahm seine Dienstwaffe sowie den Dienstausweis. Sergey kam nach fünfzehn Minuten aus dem Kinderzimmer, sein Vater blickte kopfschüttelnd auf seine Uhr. »Ach, komm!«, entgegnete Sergey und die zwei machten sich auf zum Flughafen.

Schüchtern stieg Bär in den Privatflieger ein und beobachtete, wie sein Sohn jeden Mitreisenden begrüßte. Bevor er sich setzte, stellte Sergey seinen Vater als unabhängigen Beobachter vor und er solle das Geschehene aus einem anderen Blickwinkel betrachten. Danach lotste Sergey seinen Vater auf den Sitz zwischen Runar und Isabell, die den neuen Kollegen brieften.

Der Flug glich einer Konferenz. Der komplette Fall *Dark Hole* wurde vorgetragen. Bär war erstaunt über die Vorfälle in den Niederlanden und die zwei weiteren in England. Dass all diese Toten auf das Konto eines schwarzen Loches gingen, war schwer zu verstehen. Die Tatsache, dass dieses schwarze Loch von Menschenhand unabsichtlich erzeugt und gelenkt wurde, bescherte ihm eine Gänsehaut.

»Was ist hinter dem Loch?«, schoss es aus Bär heraus. Nach zehn Sekunden Stille hob Isabell die Hand. Sergey nickte ihm zu und Isabell stand auf, um für alle sichtbar seine These zu unterbreiten. »Nachdem ich in Genf erfuhr, dass wir es mit der Anomalie eines schwarzen Loches zu schaffen haben, das während des Betriebes unseres Teilchenbeschleunigers auftritt, führte ich weitere Berechnungen durch. Da es dies zuvor noch nie gab oder es, eher gesagt, nie aufgefallen ist, programmierte ich ein Gravitations-Theorem. Über tausend Versuchsläufe waren nötig, um jetzt sagen zu können…« Isa atmete durch und beendete seine These mit »einem anderen, für uns unbekannten Ort.«

Sergey unterbrach nach dem Vortrag die darauffolgende Schweigeminute und bat die Kollegen um äußerste Konzentration während der Operation.

Die holprige Landung auf dem Sportflughafen in Wales brachte manches Stoßgebet hervor. Beamte der walisischen Polizei standen bereit, um die Kollegen von Interpol zu unterstützen. Nachdem das komplette Equipment der Universität verladen war, setzte sich der Konvoi in Bewegung. Das Equipment bestand aus Computern, Drohnen und Dummies, die gespickt waren mit Sensoren und Kameras, um das schwarze Loch aufzuspüren. Das Ziel der *Operation Dark Hole* war die *Hobby Horse Bay*. Eine raue, von Wind und Wellen gezeichnete Küstenlandschaft und das letzte Stück Land auf dem Breitengrad 51,62.

Alex goss sich einen walisischen Tee auf und beobachtete den aus der Ferne anrückenden Konvoi. Sie löschte den Campingkocher und verstaute ihn im Kofferraum. Sie nahm einen Schluck aus der Thermoskanne und die Fahrzeugschlange passierte Castlemartin. Es war der letzte bewohnte Ort, nach dem sich der Straßenbelag in raue Schotterpisten verwandelte. Niemand nahm Notiz von dem Kombi am Wegesrand und Alex fuhr ihnen unauffällig nach.

In einem von Isabel definierten Abstand stellten sich die Fahrzeuge im Halbkreis um die Bucht herum auf und Sergey stationierte sich mit der mobilen Wache zentral zu den anderen Fahrzeugen. Isabell wies die Polizisten an, seine mit Sensoren gespickten Dummies aufzustellen. Die Dummies dienten zu Aufzeichnung ungewöhnlicher Daten und sollten den Standort des schwarzen Loches bestimmen. Danach färbte er die Dummies mit fluoreszierender Farbe ein, um sie besser sehen zu können. Der gesamte Konvoi sowie drei mobile Scheinwerferbatterien leuchteten den Bereich komplett aus. Mit dem Start von zwei Kameradrohnen beendete Isa seine Vorbereitungen und setzte sich zu Sergey in die mobile Wache.

Sergey beäugte Isa beim Interagieren auf dem Laptop und flachste: »Nachher aber den Verlauf löschen!« Unbeirrt programmierte Isa weiter und stellte eine Verbindung zum CERN her. Er legte einen Countdown von zehn Minuten fest und beschwor Sergey nochmals eine Konzentrationsansprache zu halten.

Wortgewandt beschallte der seine Kollegen mit einem Megafon und sprach ihnen aufgrund der prekären Wetterlage Mut zu. Sergey unterschätzte das walisische Küstenwetter im Winter und hoffte, dass es nicht zu stark schneien würde. Nach der Ansprache schaute er sich suchend um und rief durch das Megafon in die Umgebung: »Alex! Wir sind in der mobilen Wache!« Er legte das Megafon beiseite, betrat den Bus und fiel aus allen Wolken. Alex und Bär unterhielten sich dort angeregt. Grummelig setzte er sich neben die zwei.

Eisige Winde aus der keltischen See drückten hohe Wellen an die Klippen der *Hobby Horse Bay*. Die Gischt peitschte in die Höhe, um sich auf dem Land mit Eiskristallen zu vermischen. Starr vor Kälte fieberten die walisischen Polizisten dem Experiment entgegen. Je weiter die Zahlen des Countdowns runterzählten, desto energischer peitschte der Wind Gischt mit Eiskristallen in ihre Gesichter. Ungeachtet dessen versuchte jeder Kollege mit zugekniffenen Augen diesen Augenblick zu erleben. Die Uhr zählte null und alle hielten den Atem an.

Isabell beobachtete unaufhörlich das Geschehen in der Schweiz, wo seine Kollegen den Teilchenbeschleuniger in Betrieb setzten und hier in der Bay, um Sensordaten der Dummies zu überwachen. Er war der Einzige, der durchgehend auf seinem Laptop Programme initiierte und kontrollierte, ob alle Sensoren funktionierten. »Fertig!«, rief Isabell laut und die gesamte mobile Wache zuckte vor Schreck zusammen. Er verabschiedete sich von den Kollegen in Genf und fuhr seinen Laptop herunter

Erwartungsvoll brodelte es in der mobilen Wache. Alle Augen waren auf Isabell gerichtet.

Er sah die vor Neugierde fast platzenden Menschen an und sagte: »Dummie drei!«

Wie von der Tarantel gestochen stürzte Sergey aus dem Bus und verschwand in dem tosenden Schneesturm. Die anderen folgten ihm, stoppten aber nach der ersten eiskalten Brise, da ihre Gesichter fast einfroren und schlossen zügig die mobile Wache. »Der Dummie mit der Nummer drei läuft uns nicht weg«, argumentierte Bär, und die gesamte Besatzung pflichtete ihm bei. Isabell lenkte vorsichtig eine Kameradrohne durch die Eiswand, um Sergey zu folgen.

Gleichmäßig fegte der Wind an Sergeys Ohren vorbei. Das Adrenalin ließ ihn weder Kälte noch Schmerz fühlen. Wissbegierig bahnte er sich einen Weg durch die Eiswand. Mit den Händen voran versuchte er den Vorhang aus Wind und Schnee beiseitezuschieben.

Aus dem Nichts kam ihm ein dunkles Gesicht entgegen und starrte ihn mit seinen Kreideaugen an. Sergey stoppte und untersuchte den Dummie, um festzustellen, ob das schwarze Loch einen Teil aus der starren Gummipuppe gerissen hatte, leider vergebens. Das aufgemalte Gesicht des Dummies verlief langsam wegen der Nässe und sah aus, als würde es vor Schmerzen schreien. Hektisch untersuchte er die anderen Dummies und stellte fest, dass sie keinerlei Spuren aufwiesen.

Aus dem Nichts griff ein schwarzer Arm Sergey an der Schulter. Panisch drehte er sich um. Weitere schwarze Arme packten ihn und zerrten ihn weg. Er wehrte sich nicht, weil er keine Kraft mehr in den Gliedern verspürte. Die walisischen Polizisten ahnten, dass Sergey übermotiviert und wissbegierig in die Gefahr aus Eis und Kälte lief, und behielten dahingehend den Überblick.

Sie brachten ihn zurück in die mobile Wache. Mit zittriger Stimme erzählte er, dass die Dummies keinerlei Spuren aufwiesen und unversehrt waren. Die Blicke fielen auf Isabell. Der teilte ihnen mit, dass die *Operation Black Hole* nicht funktionierte und er seinen Satz von vorhin gerne beenden wolle, und zwar: »Dummie drei hätte den Testbedingungen nach halbiert werden müssen, ist er aber leider nicht.« Somit war für ihn die Operation beendet.

Zur gleichen Zeit beobachtet Je-sch-dark aus sicherer Entfernung die Ankunft des merkwürdigen runden Objektes. Es lag da und bewegte sich nicht. Je-sch-dark wartete geduldig ab und öffnete mit einem Blinzeln seine Hornlider, um die Kugel genauer zu inspizieren. Die Augen benutzten die Je-sch-Wesen nur in absoluter Ausnahme, da die meisten Informationen über ihre Stirnfühler aufgenommen wurden. Sie ähnelten einem Fledermausradar, nur komplexer und genauer.

Fasziniert von der perfekten runden Form traute es sich näher heran. Je-sch war überzeugt, dass es metallischen Ursprungs war, denn es ähnelte dem heiligen Zhelez – einem massiven Eisenberg, der manche Gravitationsregel innerhalb seines Einflussbereiches über den Haufen warf.

Je-sch bemerkte ein leises Surren, das abrupt verstummte. Die Kugel öffnete sich ruckartig und ein heller Lichtblitz blendete es. Es dauerte lange, bis Je-sch wieder ohne Einschränkung sehen konnte. Die Kugel lag geöffnet da und bewegte sich nicht mehr. Der Lichtblitz veranlasste Je-sch nochmals mit seinem Stamm zu sprechen und Hilfe einzufordern.

Wahrheit und Pflicht

Sergey beauftragte Runar, Isabells gesamtes Equipment zu untersuchen. Er hoffte, dass Isabell mit seinem Experiment falsch lag und Runar das Gegenteil zu beweisen vermochte. Isabell bot Runar Unterstützung an. Sergey stimmte dem zu. Er bedankte sich bei den walisischen Polizeibeamten für ihre Unterstützung und stellte ihnen das Versprechen eines zünftigen Frühstücks in Aussicht.

Er wandte sich Alex zu und bot ihr eine Stelle bei Interpol an, damit sie weiterhin an dem Fall arbeiten könnte, und zwar offiziell. Er hoffte dadurch, eine kompetente und engagierte Kollegin in den eigenen Reihen begrüßen zu dürfen. Alex jedoch lehnte dankend ab und teilte ihm mit, dass sie ihren Dienst quittiere. Erschrocken sah Bär zu ihr herüber. Alex nahm seine Hand und sah ihm tief in die Augen: »Ich bringe dich zum Flughafen, dann braucht Interpol keinen Umweg zu machen.« Bär nickte zustimmend. Verdutzt nahm Sergey das kommentarlos hin, gab den Befehl zum Aufbruch und fügte heroisch hinzu: »Dann lasst uns mal den Mörder finden!« Zügig, aber den Witterungsbedingungen entsprechend, packte jeder sein Equipment zusammen und machte sich auf den Weg zum Flugplatz.

Alex startete ihren indischen Gewürzkombi und Bär stieg verwundert ein. Still und konzentriert fuhr sie aus dem Schneegestöber heraus. Da sich die zwei lange Zeit kannten, empfand keiner der beiden die Stille als unangenehm. Im Gegenteil, nachdem was sie hier in Wales erlebt hatten, genossen sie es. Die Wetterlage änderte sich schlagartig ins Positive und Alex fuhr entspannter. Ein Schild bei Kilgetty wies auf einen Tankstopp hin und sie flachste: »Lust auf einen Kaffee?«

Bär verdrehte die Augen und lachte aus vollem Herzen.

Nach dem Pitstopp wurden die beiden offener und erzählten Geschichten von damals und heute. Dabei genossen sie den schlechten Kaffee und die überzuckerten Donuts. »Schade, dass wir nicht so eine atemberaubende Küstenstraße in Hamm haben«, meinte Bär und ein kleiner Tropfen Kaffee schwappte aus dem Becher.

Alex räusperte sich kurz und wies Bär auf eine Packung Taschentücher auf dem Rücksitz hin. Unbeholfen drehte er sich um und entdeckte dabei die Fallakte *Kaffeehausmord*. Darauf lag ein Umschlag mit seinem Namen. Er vermutete einen Abschiedsbrief, da sich Alex gegen Interpol und ebenfalls gegen ihren Beruf entschieden hatte. Darum genoss er die letzten Stunden mit ihr und ließ den Umschlag und die Akte unangetastet liegen.

Am Flughafen war es dann so weit. Alex lenkte den Wagen auf einen Langzeitparkplatz und stieg mit versteinerter Miene aus. Bevor sie sich Bär zuwandte, nahm sie die Fallakte und den Brief vom Rücksitz. Sie gab Bär die Akte und zerriss den Brief. Perplex wartete er auf das, was da kommen würde. Sie sah ihn mit Tränen in den Augen an und sagte »Ich habe Jop getötet.«

Bärs Hals zog sich zu und sein Kreislauf bescherte ihm zittrige Beine. Sie erzählte ihm, dass sie nach dem Tod von Timo nicht mehr sie selbst gewesen war und erst nach der Geburt ihres Kindes wieder zu sich gefunden hatte. Ihr war bewusst, dass dies keine Entschuldigung für solch eine abscheuliche Tat war. Sie hatte sich erhofft, mit dem Brief alles klarstellen zu können. Auch hoffte sie, mit dem Erfolg der *Operation Dark Hole* einen Schlussstrich ziehen zu können und danach ihren Sohn aufwachsen zu sehen. »Da das Schicksal ein wankelmütiges Wesen ist, lief die Operation schief und brachte dich zu mir.« Nach diesem Satz verstummte sie.

Bär brauchte einen Augenblick, um sich zu sammeln. Er rechnete ihr hoch an, dass sie das Geständnis persönlich beichtete und den Brief zerriss. In seinem Kopf wütete ein Kampf von Rechtsempfinden, das sich mit langjährigem Vertrauen und Zuneigung schlug.

Bär schloss seine Kollegin fest in die Arme und hauchte ihr ins Ohr: »Ich liebe dich.« Danach sah er ihr in die Augen und brummte mit tiefer Stimme: »Komm nicht zurück!« Peter Bärlauch wandte sich ab und ging, ohne einen Blick zurück, in das Flughafengebäude.

Alex lehnte sich an den Kombi und sackte dabei in die Hocke. Sie schaute Bär lange nach und registrierte beim Start eines Flugzeugs, dass sie soeben einen Freund verloren hatte.

Ein frierender Backpacker stand plötzlich vor ihr und bibberte höflich: »Glasgow, Dude?« Sie rieb sich ihre Tränen weg und nickte. Erfreut hüpfte der Australier in den Kombi und wartete darauf, dass sie einsteigen würde. Sie nahm ihre Tasche aus dem Kofferraum, schlenderte zum Fenster und hielt dem Dude die Schlüssel entgegen. Verdutzt nahm er sie an. In diesem Moment schloss sie mit der Vergangenheit ab und machte sich auf den Weg.

Runar durchforstete die Universitätsunterlagen zum Thema Teilchenbeschleuniger und ließ dabei zum x-ten Mal die *Operation Dark Hole* simulieren. »Essen ist fertig!«, rief Isabell aus der Küche und fügte hinzu: »Vorher Hände waschen, bitte.« Runar verdrehte die Augen und tapste brav ins Badezimmer. Isabell richtete derweil den Tisch her und wartete auf seinen Schatz, bis dieser sich dazu setzte und anfing, das Tischgebet zu sprechen. Die zwei genossen die selbstgemachten Bandnudeln mit Sahnesoße und frischen Kräutern. Dabei flachsten sie über englisches Essen.

Später am Abend saß Runar wieder am Laptop und probierte eine neue Variante der Testläufe aus. Isa setzte sich neben ihn und hielt ihm ein Glas Wein entgegen. »Du bist besessen von deiner Arbeit!« Mit diesen Worten holte er Runar aus seinem Gedankenkarussell und die zwei fingen an, sich zu küssen. Isabell wusste, was sein Freund brauchte, um zu entspannen. Erregt ließ Runar sich darauf ein und genoss den Augenblick. Der Höhepunkt sprengte alle Anspannung und er stöhnte genussvoll. Danach packte er sich Isa und spürte die Begierde seines Leibes. Das nutzte er schamlos aus und ließ sich Zeit, da Isa eher der wilde, ungestüme Typ war. Trotz der Gegensätze genossen es beide, sich hinterher lange zu streicheln.

Isa lenkte das Schmusegespräch vorsichtig auf die *Operation Dark Hole* und flachste: »Was würdest du sagen, wenn es funktioniert hätte?« Runar ließ sich Zeit mit der Antwort und meinte: »Zu gefährlich. Unkontrollierbar!«

Nach einer zweiten Denkpause fand er Gefallen an der Idee und malte sich aus, was machbar wäre, wenn. Isa bestärkte ihn in seinen Fantasien und die zwei lustwandelten durch den Garten der Wissenschaft.

Runar kam an den Punkt, mehr Energie zu nutzen, um das Loch größer zu machen sowie länger anhaltend zu stabilisieren, um es genauer untersuchen zu können. Es wäre die Pflicht eines jeden Wissenschaftlers, dies zu ermöglichen. Er steigerte sich in seiner Rede, bis ihm der Speichel aus dem Mund floss. Isa sah ihn grinsend an.

»Du hinterhältiges Biest!«, brach es aus Runar heraus. »Ich bin dabei!«

30. März 2010

Nachdem Isa seinem Freund gebeichtet hatte, dass die *Operation Dark Hole* funktionierte, schwor Runar voll und ganz hinter ihm zu stehen. Er gab ihm sein wissenschaftliches Ehrenwort.

Isa vertuschte mit dem Aufstellen der Dummies die wahre Position des schwarzen Loches. In dem Augenblick, als Sergey aus dem Bus sprang, steuerte Isa eine Kameradrohne und warf eine Sensorkugel ins schwarze Loch hinein. Die Kugel hatte die Aufgabe, sich zu öffnen und ein Lichtsignal, wo immer sie auch landete, zur Erde zurückzusenden. Da dieses Signal von einem anderen Planeten nahezu 100 bis 150 Jahre brauchte, vertrauten sie sich der Universitätsleitung an. Sie wollten um jeden Preis weiterforschen. Isa und Runar wurden dahingehend von Investoren zu einem Gespräch an einem geheimen Ort namens Schloss Darf-Tau eingeladen.

An diesem Tag warfen die zwei sich richtig in Schale und trugen ihre besten Anzüge. Ein Hauch von Gangsterimage fuhr vor und die zwei stiegen in eine verdunkelte Limousine. Stocksteif angeschnallt saß Runar während der Fahrt in seinem Sitz, da er es hasste, nicht zu wissen, wohin sie fuhren. Im Internet hatte er keine Informationen über das Schloss gefunden. Isa durchforstete die Minibar und genehmigte sich entspannt ein paar Drinks. Runar konzentrierte sich auf die Fahrt und zählte die Kurven mit, um seine Position im Kopf bestimmen zu können. Er traute dem Ganzen nicht und dachte an Entführung. Isa sah ihm die Anspannung an und meinte: »Relax!«

Ein Zischen und der süßliche Geschmack eines einschläfernden Gases versetzte die beiden in einen tiefen Schlaf. Es half den beiden richtig zu entspannen.

Ein stetes Murmeln erweckte Runar sanft aus seinen

Träumen. Verschwommen sah er Isa mit einem Glas in der Hand vor einem lodernden Kamin stehen. Der adrette, ältere Herr zu Isas Rechten wandte sich Runar zu und begrüßte ihn freundlich. Vorsichtig stand Runar auf und gesellte sich zu den beiden an den Kamin. Das Gespräch der drei verlief sehr einseitig. Sämtliche Forderungen der zwei Wissenschaftler wurden charmant ignoriert und von dem älteren Herrn für seine Zwecke angepasst.

Die beiden entschlossen sich weiterzumachen, leider zu den Bedingungen des älteren Herren und dessen geldgebenden Interessenten. Nach einem opulenten Mahl und einem versöhnlichen Digestif verabschiedete sich der adrette Herr von dem Besuch und entschuldigte den zeitbedingten Tiefschlaf. Runar und Isa winkten aus der Limousine so lange zum Abschied, bis das Gas seine Aufgabe abermals erfüllte.

Es war dieses Mal Isabell, der vom Gemurmel geweckt wurde. Leider saß Runar nicht am Kamin, sondern gefesselt und geknebelt auf einem Stuhl mit einer Schlinge um den Hals.

Isa lag auf dem Sofa und probierte aufzuspringen, leider plumpste er wie ein Sack Zement auf den Boden. Ohne Gefühl in den Beinen robbte er sich zu Runar herüber. Vorsichtig griff er den Stuhl, auf dem sein Schatz stand und stabilisierte diesen. Danach beruhigte er ihn und hoffte darauf, dass wieder Leben in seine Beine gelangte.

Ein Kribbeln wie tausend Ameisen ließ Runar wissen, dass Blut in seinen Beinen zirkulierte. Isa war erleichtert und richtete sich auf. Er umklammerte Runar und streifte die Schlinge über seinen Kopf ab. Danach löste er die Fesseln. Die zwei nahmen sich in die Arme, küssten sich innig und freuten sich ihres Lebens.

Isa entdeckte einen Brief auf dem Stuhl und wies Runar darauf hin. Wütend nahm dieser ihn und las ihn vor. Das hier wäre der Vorgeschmack dessen, was ihnen blühte, wenn die Anomalie publik würde. Für das Projekt gäbe es keine finanziellen Limits und das neue Personal an der Uni stünde bereit. Loyalität und Pflichtbewusstsein sei das oberste Gebot. Eine Bescheinigung, dass Runar nicht mehr für den Dienst bei Interpol tauglich wäre, lag dem Umschlag bei.

Runar besuchte daraufhin zum letzten Mal Sergey im Interpol-Gebäude in Zürich und schrieb seinen Bericht zur *Operation Dark Hole* zu Ende. Er verabschiedete sich von den Kollegen und teilte dem Chef mit, dass er eine offizielle Kündigung per Mail verschicken würde. Sergey bedankte sich bei ihm und wünschte ihm alles erdenkliche Gute.

Nervös und angespannt fauchte Isa seinen Freund an, weil der keine Lücke auf dem Parkplatz *du Globe* in Genf fand. Runar beruhigte ihn und verwies auf die leitende Funktion der beiden. Ein Chef kommt immer pünktlich zu spät zum Meeting.

»Herzlich willkommen!«, begrüßte die beiden ein charmanter Herr mittleren Alters. Das komplette Kollegium bestand aus drei Herren und drei Damen. Bis auf den charmanten Herrn mittleren Alters glichen sie sich wie ein Ei dem anderen. Die durchtrainierten Herren und Damen standen zur Begrüßung kurz auf und verharrten dann wieder auf ihren Stühlen.

Der charmante Herr mittleren Alters stellte sich als Hardy vor und erklärte, dass seine Eltern große Hardy-Krüger-Fans waren. Danach verwies er auf die Plätze rechts und links von seinem. Isa und Runar setzten sich auf die Stühle mit dem passenden Namensschild und lauschten ihrer Laudatio. Mit einem kurzen Klopfbeifall beendete Hardy die Vorstellung der beiden und schwenkte zum Thema schwarzes Loch über.

Er teilte jeweils einen Herrn und eine Dame in Teams ein und verkündete, dass die zwei Vollblut-Wissenschaftler die Außeneinsätze übernehmen würden. Er fungiere dabei als Vermittler und Koordinator. Danach beendete er das Meeting.

Mit hochrotem Kopf stand Isa in seinem Büro und schnaufte wie eine Dampflok. Er war empört über diese Vorführung. Auf dem Schreibtisch lag ein Zettel mit Instruktionen und einem Datum. Sein Puls senkte sich beim Lesen der Nachricht. Er überreichte Runar die Information.

Die nächste Operation findet in Baltimore am 30. März statt und heißt *La Bella*. Isa war von dem Namen der Operation angetan und Runar juchzte laut los, nachdem er die Energiedaten gelesen hatte. Ein Traum wurde für die zwei wahr. Sie schworen sich, das Beste aus der Situation zu machen, egal, ob als Chefs oder Laufburschen, sie würden forschen.

»Als du Baltimore sagtest, dachte ich an eine andere Stadt«, stammelte Runar und sah aus dem Bullauge des Universitätsschiffes auf die kleine irische Küstenstadt. Die wilde See vor Irland machte ihm zu schaffen. »Du weißt schon, dass viele Städtenamen der USA europäische Wurzeln haben«, schulte Isa genervt seinen Freund und wies ihn an, die Kündigung an Sergey zu übermitteln.

»Wir sind gleich da.« Isa klappte den Laptop zu und verschwand aus der Kabine. Runar sah nichts außer Wasser, drehte sich um und genehmigte sich einen Kurzen aus der Minibar. Er verfasste ein recht kühles Kündigungsschreiben und sendete es an Interpol. Nach dem Absenden folgte er Isa aufs Deck.

Der Fish Carrier schnurrte geschmeidig durch die wilden Wellen des Atlantiks. Je weiter sie auf das Meer fuhren, desto geruhsamer wurde es. Runars Magen beruhigte sich. Er holte tief Luft, schloss die Augen und atmete entspannter wieder aus. Durchgehend umklammerte er dabei die Reling. Er erschrak bei einem Geräusch, das er nicht kannte. Fasziniert von der Seefahrt registrierte er, dass der Anker geworfen wurde und die schwere, lange Kette in die Tiefe surrte.

Isa trat aus der kleinen Tür der Brücke, nachdem er sich bei dem Kapitän über das weitere Vorgehen informiert hatte und nahm Runar an die Hand. Auf dem Mitteldeck stand, nach den Informationen des Kapitäns, ein umgebauter Hochseecontainer. Dort befand sich alles, was das Wissenschaftler-Herz begehrt. Eine kleine Werkstattecke für Reparaturen, überwiegend Mess- und Sensortechnik, sowie eine Single-Küche mit Kaffeevollautomat. Die zwei schalteten die Messinstrumente sowie Überwachungskameras ein und fuhren die Computer hoch. Vorsorglich füllten sie den Wassertank der Kaffeemaschine auf.

Isa bat Runar, eine kleine Kiste, die auf dem Boden stand, ins Freie zu stellen und vorsichtig den Deckel zu entfernen. Mit einem Ruck beförderte Runar diese aus dem Hochseecontainer nach draußen und öffnete die Klappe. Er kam nicht umhin, ein Juchzen auszustoßen, was ihm im Nachhinein peinlich war, denn ein alter Seemann flocht gerade ein oberarmdickes Tau auf einen Haufen aus Tauen und grinste dabei den Lauch an.

»Das ist unser Weltenbummler«, erklärte Isa, nachdem Runar den kleinen Roboter aus der Kiste geholt, gründlich inspiziert und sich wieder zu ihm in den Hochseecontainer gesellt hatte. Eine Forschung ohne finanzielle Limits war immer der Traum der beiden gewesen. »Darf ich ihn steuern?«, fragte Runar. Mit einem langen Kopfschütteln verwies Isa auf das Vollautomatik-Programm, das er just in diesem Moment startete.

Nachdem der alte Seemann mit dem oberarmdicken Tau fertig war, ließ er seinen Blick über das offene Meer schweifen. Die strahlend blauen Augen des alten Seemannes hatten schon die Welt gesehen – von Baltimore bis hin zu den Cookinseln, doch so etwas hatten sie noch nie erblickt. Direkt auf dem Vordersteven des Schiffes flimmerte eine Anomalie, ein schwarzer Kreis, der alles Licht in sich aufzusaugen vermochte. Es kam ihm vor, als würde nichts mehr um ihn herum real sein. Es war so, als befände er sich auf einem langen Flur. Sein einziges Bedürfnis war, die Tür am Ende zu öffnen. Aber diese schien sich immer weiter zu entfernen. In seinem Kopf kämpfte alles dagegen an, wegzusehen, er schaffte es aber nicht. Das schwere Tau schien der einzige Bezugspunkt seiner Realität zu sein. Er konnte es greifen und umwickelte damit den Arm zum Schutz, um nicht in die Anomalie hineinzugleiten. Ein lautes Summen wie von tausend Bienen schnellte an seinem Kopf vorbei. Der Roboter Gunar eins flog im Auto-Modus an dem alten Mann vorüber, schnurstracks auf die Anomalie zu und ...

Je-sch-dark war es leid seinem Stamm aufs Neue zu erklären, was an diesem Ort der aus dem Nichts erscheinenden Dinge passierte und forderte einen Helfer an. Der Helfer darf in der Stammeskultur der Je-sch nur beobachten und bei nicht eindeutigen Situationen außerhalb der Weesewiesen intervenieren. Er erklärte den Ort, den er beobachtete, dann als zu gefährlich und somit für Je-sch verboten zu betreten.

Die Stammesgemeinschaft erkor Je-sch-zol aus. Es war ein Je-sch, das schon so manchen Beobachtungen mit Argusaugen beigewohnt und somit über hundert verbotenen Orten einen Namen gegeben hatte.

Je-sch-zol war erschrocken beim Anblick des Ortes, der aus dem Nichts erscheinenden Dinge. Hinter der Barrikade aus Weesewurzeln lag ein Haufen Matsch aus verwesenden Menschenresten, den es nicht zu erklären vermochte. Es forderte Je-sch-dark auf, den Diamantfelsen zu platzieren, um das Erscheinen weiterer unbekannter Dinge zu verhindern. Je-sch-dark gehorchte dem weisen Je-sch-zol und schleuderte seinen Sy-sch auf den Diamantfelsen. Direkt nach dem Treffer rollte der Felsen und legte sich, wie ein Osterei ins Nest, in den Weesewurzelkreis.

Die zwei Je-sch wandten sich von dem Wurzelkreis ab, um sich mit Weese zu laben, da vernahmen sie ein fühlerbetäubendes Klirren. Eine Schockwelle erfasste die zwei Wesen und schleuderte sie über die Weesewiesen. Sie blickten zurück und trauten ihren Wahrnehmungen kaum. Der Diamantfelsen zerbarst und ein funkelnder Teppich aus Kleinstdiamanten verteilte sich über eine beachtlich große Fläche. Starr vor Angst beobachteten sie eine Zeit lang den Ort, der aus dem Nichts erscheinenden Dinge.

Je-sch-zol bat Je-sch-dark hier an seinem Namensort, der bald für alle Je-sch-Wesen verboten werde, zu verweilen und weitere Vorkehrungen zu treffen, während Je-sch-zol dem Stamm berichtete. Der Namensgeber eines Ortes zu sein, bedeutete für Je-sch-dark die endgültige Verbannung. Er war sich sicher, dass Je-sch-zol diesen Ort nicht als vermeidbar einstufte, eher als Ort des Verbotes für Jesch-Wesen

Gunar eins

Ein lautes Summen wie von tausend Bienen schnellte an des Seemanns Kopf vorbei. Gunar eins flog im Auto-Modus an dem alten Mann vorüber. Schnurstracks auf die Anomalie zu und krachte voll dagegen.

Ruckartig warf eine Druckwelle den Seemann auf den Tauhaufen. Verwirrt und panisch schnappte er nach Luft und musste sich schnell wieder in seiner Realität zurechtfinden. »Teufelswerk!«, schimpfte er und verschwand in seine Kajüte.

Geschockt hielt sich Isa den Kopf. Runar sprang aus dem Hochseecontainer aufs Deck und sprintete zum Bug. Dort hob er Gunar eins auf und trug ihn wie ein Baby zum Container zurück. Er legte den Roboter auf den Werktisch und schaltete die Lupenlampe ein. Isa saß starr am Monitor und brabbelte ununterbrochen: »Das darf nicht sein.«

Runar vermutete, dass Gunar eins zu niedrig flog und vor den Vordersteven krachte. Er überprüfte die Hülle auf Beschädigung. Er fand keinerlei Lackspuren vom Schiff, eher was außerordentlich Skurriles.

Vorsichtig holte er Isa aus seinem Schockzustand und führte ihn geradewegs zur Werkbank. »Sieh hin«, forderte er Isa auf und trat einen Schritt zurück, um mehr Licht an den Werktisch gelangen zu lassen. Ein Juchzen der Verzückung hallte durch den Hochseecontainer und Isa zwickte mit einer Pinzette eine Probe von Gunars edelstahlverstärktem Körper ab. Die zwei untersuchten diese abwechselnd unter dem Mikroskop und jeder schrieb, unabhängig vom anderen, seine Vermutung auf ein Stück Papier. Sie tauschten die Zettel und waren sich einig: »Diamant!«

Einen Zusammenstoß mit dem vorderen Teil des Schiffes schlossen sie somit aus. Isa sah sich die Aufnahmen der Überwachungskameras, insbesondere den Augenblick des Aufpralls, in Dauerschleife an. Er drosselte das Tempo der Wiedergabe und zoomte näher heran. Runar bat ihn, mehr zu verlangsamen.

»Da!«, rief er aufgeregt und Isa zuckte zusammen. Runar hockte sich neben Isa und steuerte mit der Maus auf ein Bild aus dem Video. Dann druckte er es hochaufgelöst aus und befestigte es an einer Tafel. »Sieh genau hin«, forderte er Isa auf. In der Mitte des Bildes war ein schwarzer Streifen in der Aufnahme. Runar stellte fest, dass der Roboter für den Bruchteil eines Hundertstels nicht auf dem Bild war. Erfreut prüften sie die Sensordaten des Roboters und erhielten eine kaum messbare Veränderung.

Sie schrieben in ihrem Bericht, dass durch die Erhöhung der Energie im Teilchenbeschleuniger die Erscheinungsdauer der Anomalie verlängert wurde. Die Größe spiele dahingehend keine Rolle, da die Anomalie eine Sogwirkung aufwies und sich wie ein Schwamm verhielt. Gunar eins wurde durch eine kohlenstoffartige Barriere daran gehindert, überzutreten. Für die weitere Forschung sei es von großer Wichtigkeit, die Energierate Gunars zu erhöhen und den Roboter grundsätzlich zu verbessern.

Gespannt auf Hardys weiteres Vorgehen, schlossen sie den Container und genossen den Rest der Seefahrt nach Baltimore in Irland. Isabell stand an der Reling und atmete bewusst tief die Seeluft ein. Runar trat von hinten an ihn heran, umarmte ihn zärtlich und hauchte ihm ins Ohr: »Ich liebe dich.«

Tatmotiv: Nebenbuhler

Zwei Jahre später stand Bär adrett gekleidet vor der Tür der Oberstaatsanwaltschaft und rückte seine Krawatte zurecht. Sergey gab ihm grinsend einen Klaps auf den Bauch und meinte: »Spannt ein wenig.« Bär winkte ab, denn seine Ausgehuniform trug er zuletzt in den Neunzigern.

Der Fall Ninja wurde aufgerufen und die zwei traten ein. Ihnen war klar, dass heute der Abschluss der Untersuchungen für den Mord an Timo anstand.

Sergey beschwor Bär, besonnen zu bleiben und nicht wie bei dem letzten Gerichtstermin die komplette Obrigkeit als inkompetente Sackratten zu verfluchen. Alex hätte es Bär nie verziehen, den Fall Timo dermaßen lapidar ausklingen zu lassen. Leider Gottes fehlten ihm die Beweise.

In dem großen, kühlen Saal der Entscheidungen saßen die beiden Bären und hörten sich das Abschlussplädoyer an:

»Da die *Operation Dark Hole* bereits zwei Jahre her ist und es bis dato keine neuen Vorfälle mit abgetrennten Körperteilen gab, kam die Staatsanwaltschaft zu dem Schluss, dass der Tatverdächtige Helge Müller, genannt Ninja, schuldig ist. Der Mord an Timo wurde ihm zur Last gelegt, da der Angeklagte angab, in dem Jungen einen Nebenbuhler oder, wie der Angeklagte es formulierte, im Schwertkampf erprobten Endgegner zu sehen.

Der Tatverdächtige schilderte in allen Einzelheiten, wie er das Opfer tötete. Die Tatwaffe, ein Samurai-Schwert, wies Spuren des Opfers auf und wurde sichergestellt. Seit dem Verbleib des Täters in der geschlossenen Psychiatrie gab es keine weiteren Vorfälle. Die Unfälle aus dem Vereinigten Königreich und den Niederlanden werden aus der Akte entfernt und dem dortigen Superintendenten übergeben. Die Behörden in England sowie den Niederlanden schließen ebenfalls die Akten.«

Die lange Fahrt vom Gericht nach Hause über ging jeder in sich und ließ Vergangenes und das Plädoyer Revue passieren.

Zurück in seiner Wohnung setzte Bär einen Kaffee auf und deckte den Tisch für zwei ein. Sergey hetzte derweil ins Badezimmer.

Bei einem Kaffee in entspannter Umgebung fiel es leichter, über die vergangenen vier Jahre zu sprechen.

Frisch gewaschen gesellte sich Sergey zu seinem Vater und bedankte sich bei ihm für die Hilfe. Grummelig schenkte dieser seinem Sohn eine Tasse Kaffee ein und erhoffte zu erfahren, ob er Runar überwache. Sergey nickte ihm zu und stellte klar, dass die Observation zum Schutz seines ehemaligen Kollegen diene, gleichzeitig dachte er insgeheim bei sich: »Schade, dass er sich nichts hat zu Schulden kommen lassen.«

Bär war enttäuscht. Er war davon überzeugt, dass die beiden etwas im Schilde führten und jemand schützend seine Hände über sie hielt. Irgendwas wurde da vertuscht – das spürte er ganz deutlich.

Eine halbe Kanne Kaffee später fand Sergey den Mut zu fragen, was mit Alex geschehen war. Bär erzählte, dass sie die Enttäuschung über den Fehlversuch bei der *Operation Dark Hole* nicht recht verkraftet und sich absetzt hatte. Ein trauriger Unterton schwang bei Bär mit, wenn er über die gemeinsame Zeit mit Alex berichtete.

Sergey stellte rigoros klar, dass er den Fall nicht als beendet ansah. Er würde weiterhin seine Augen und Ohren offenhalten. Das wäre er den Opfern und seiner Kollegin schuldig.

Mit diesem Statement verabschiedete er sich von seinem Vater und verwies auf sein monatliches Wochenende, in dem die zwei sich fest vorgenommen hatten, sich nicht über alte und neue Fälle zu unterhalten, sondern ausschließlich privat Vater und Sohn zu sein.

Drei Runs 2012

Geschmeidig schipperte der Fish Carrier durch den Atlantik. Die friedvolle See und das Surren des Schiffsdiesel waren ein Garant für den tiefen Schlaf der Passagiere. Einzig der alte Seemann war an Deck und verrichtete seine Arbeit. Er war gespannt, was dieses Mal auf der Fahrt geschehen würde. Nach der letzten Begegnung mit der Hölle hatte er sich ein Holzkreuz aus Treibgut geschnitzt, welches der Kaplan in seiner Heimatstadt gesegnet hatte.

Das Schiff drosselte die Geschwindigkeit und das Rasseln der Ankerkette riss Isabell aus den Träumen. »Wow!«, stieß er bei dem Blick auf die Uhr aus. Er küsste seinen Prinzen, der neben ihm lag, wach und huschte ins Bad. Runar drehte sich um, schlummerte wieder weg und fiel dann beim Türknallen fast aus dem Bett. Gemächlich schwang er sich aus den Federn, tapste ins Bad und duschte ausgiebig. Danach ging er aus der Kabine zum Hochseecontainer.

»Morgen«, begrüßte er Isa im Container und staunte. Das gesamte Equipment war aufgebaut, die Computer hochgefahren und die Kaffeemaschine dampfte vor sich hin.

»*Guten* Morgen, bitte schön. So viel Zeit muss sein!«, antwortete Isa zynisch und gestikulierte mit den Händen, dass er einen Kaffee bräuchte.

Runar reichte Isa seinen mit viel Milch und trank in Ruhe seinen schwarz. Mit großen Augen betrachtete er dabei die Kiste mit der Aufschrift *Gunar zwei*. »Hoffentlich ist da Gunar eins zweimal drin. Ansonsten ist die Kiste zu schwer für mich«, scherzte er. Isa schüttelte spöttisch mit dem Kopf und gestikulierte an die Arbeit.

Vorsichtig hebelte Runar die Tackernadeln aus der

Transportkiste und öffnete den Deckel. »Wahnsinn!«, stieß er vergnügt aus und hob den ultraleichten Roboter aus der Kiste, so dass auch Isa ihn sehen konnte.

»Ist der irre!«, platzte es auch aus Isa heraus. Die Überraschung für Runar war ihm geglückt und er erzählte, dass er nach der ersten Operation *La Bella 2010* mit Hardy gesprochen hatte. Er hatte von ihm ein hochwertigeres Equipment angefordert, woran Hardy die letzten zwei Jahre feilte. Mehr Energie für die Durchläufe oder *Runs* des Teilchenbeschleunigers in der Schweiz hatte ihm Hardy ebenfalls versprochen. Weil Isa seinen Freund damit überraschen wollte, schickte er Runar ab und an weg, um Besorgungen zu machen.

Der war gerührt, dass Isa es geschafft hatte, das so lange vor ihm zu verheimlichen und umarmte seinen Freund kurz. Dann brachte er den Roboter aufs Deck. Da er aus seinen Fehlern gelernt hatte, platzierte er Gunar zwei direkt am Bug, um ihm einen schnellen Eintritt in die Anomalie zu gewährleisten. Gunar würde durchgehend alles an Isa übermitteln, was seine Kameras und Sensoren aufzeichnen würden.

Hardy schaltete sich via Livestream aus seinem Geheimversteck in Isas Laptop zu. Er erkundigte sich nach dem Equipment und dem Wohlbefinden beider. Nach dem lapidaren Auftakt teilte er Isa und Runar eine weitere Überraschung mit: »Es gibt drei aufeinander folgende Runs in einem Abstand von sechs Stunden.« Isabell war erfreut darüber und verwundert, dass dies möglich war.

Die Vorgehensweise übermittelte eines der Teams direkt aus dem CERN in der Schweiz und setzte den ersten Countdown auf zehn Minuten.

Das Zischen und Brodeln des Kaffeeautomaten überbrückte das langweilige Herunterzählen des Countdowns via Livestream. Nach dem ersten Schluck Caffè Latte spendierte Isa Runar einen Kaugummi. Verdutzt nahm Runar diesen an. »Seit wann?«, fragte er, und Isa unterbrach ihn mit einem Räuspern. »Ah!«, fiel bei Runar der Groschen, Wissenschaftler nutzten diese, um bei Fehlschlägen die Web-Cam zu verdunkeln.

Der alte Seemann ahnte beim Anblick des Roboters, was passieren würde, und verschwand unter Deck.

Die Uhr zählte *Zero* und die Anomalie erschien wie das letzte Mal 2010 direkt am Bug über dem Vordersteven.

Runar steuerte Gunar zwei langsam in die Anomalie. Er hoffte, den Aufpralleffekt von damals zu vermeiden. Mit einem Fingerschnipsen entglitt der Roboter dieser Welt und die Anomalie verschwand nach einer Minute wieder.

Ein Aufschrei der Freude durchzuckte die zwei Wissenschaftler und jeder für sich tanzte seinen Erfolgstango. Leider brach der Datentransfer in diesem Augenblick ab. Isabell beruhigte Runar dahingehend, dass dies in der Planung berücksichtigt wurde. Gunar zwei arbeite in dem Fall selbstständig und steuere, wenn der zweite Run durchgeführt wird, wieder zurück durch die Anomalie aufs Schiff.

Der rote Zwerg stand hoch am Horizont und die Weesewiesen erblühten durch seine Sonnenstrahlen in hellgrünem Glanz. Die Weesepflanzen erfüllten die Umgebung mit ätherischen Düften zur Blütezeit und Je-sch-dark genoss die Gerüche. Die kleeblattähnlichen Weeseplanzen, konnten in ihrer Form und Größe variieren. Es gab hektargroße üppige Weesewiesen, aber auch Weesewälder und Weesebuschlandschaften.

Diese Blütezeit gefiel Je-sch-dark vornehmlich und es schwelgte dabei gerne in Melancholie. Dadurch vernachlässigte es die Kunst der Tarnung, sich ins Weese zu stellen und durch Hintergrund-Spiegelung unsichtbar zu werden. Es war Je-sch-dark egal, dass plötzlich ein Ding dastand, und es anstarrte.

Der Matschhaufen aus organischen Überresten war getrocknet und bildete einen stabilen Untergrund für den Diamantteppich. Somit stand der Roboter auf stabilem Boden. Die Sensoren Gunars registrierten die gesamte Umgebung und die in Gunnar integrierte hochauflösende Kamera fixierte das einzig wahrnehmbare Lebewesen, das ihm direkt gegenüberstand.

Die Wissenschaftler fieberten dem nächsten Run entgegen und hofften auf die Rückkehr des Roboters. Isa und Runar unterhielten sich über die nächsten Schritte nach der Rückkehr. Die Auswertung der Sensordaten sowie der Kamera. Danach den Umbau des Roboters zu einer Drohne mit Langzeitsensortechnik. Gunar zwei wurde somit fit gemacht, den Ort über längere Zeit zu scannen.

Hardy hatte Isabell am vorherigen Tag in einem Memo mitgeteilt, dass er den Ausbau des Teilchenbeschleunigers nach dem morgigen Tag fest einplane. Es gäbe dann einen dreijährigen Shutdown, in der die Energie des Teilchenbeschleunigers um die Hälfte zusätzlich erhöht würde. Es gäbe dadurch genug Energie und Zeit, um Gunar zwei nach den drei Jahren Umbauphase zu orten und zurückzuholen.

Pünktlich nach sechs Stunden startete der zweite Run und die zwei Jungs konzentrierten sich auf ihre Arbeit. Hektik breitete sich aus, da der Roboter sich nicht zurückmeldete wie geplant. Die Zeit verging und der zweite Run war vorüber.

Isabell nahm sein Kaugummi aus dem Mund und drückte es auf die Kamera an seinem Laptop. Er drehte sich zu Runar um und verwies mit einem Augenrollen auf die Kamera in der Ecke des Containers. Es dauerte ein wenig, bis Runar hochsprang und ebenfalls sein Kaugummi verwendete, indes spielte Isa mit einem Walkman ein lautes Rauschen ab.

»Was jetzt?«, fragte Runar hektisch. Isa flüsterte ihm zu: »Plan B«, und drückte ihm einen Zettel in die Hand.

Dann schaltete Isabell den Walkman aus und entfernte die Kaugummis. Er stand direkt Frage und Antwort, da den Überwachungsteams von Hardy die Störung sofort auffiel.

Runar huschte währenddessen aus dem Container und las den Zettel. Grinsend begab er sich in die Kabine und fand direkt einen Koffer auf dem in dicken Buchstaben »Plan B« stand. Ruckzuck lag der Koffer, auf dem Bett und der Reißverschluss surrte. Runar entnahm den Inhalt und bereitete damit die nächste Mission vor.

Isabell erklärte in der Zeit den zweiten Run als misslungen. Das Überwachungsteam teilte die Meinung des Wissenschaftlers und bescheinigte die Störfrequenzen. Somit initiierten sie den Countdown für den dritten Run. Isabell meldete sich bei dem Überwachungsteam für eine Pause ab und huschte aus dem Container.

Runar stand auf Deck bereit und stellte die *Plan-B-Harpune* auf. Sie war zu schwer, um sie per Hand abzufeuern und hatte deshalb einen Teleskopständer. Isabell schlich sich an und umarmte Runar. Er ließ von seiner Arbeit ab und genoss die Umarmung. Dabei fragte er: »Warum die Harpune?« »Eine Armbrust passt nicht zum Meer!«, entgegnete Isa. »Weshalb kam Gunar nicht zurück?«, wollte Runar wissen. »Das Loch ist eine Einbahnstraße für Signale!«, erörterte Isa. »Was soll ich mit der Harpune machen?«, fragte Runar. »Der Saugnapf und die Rückholspindel sind Materie und holen Gunar wieder nach Hause.«, erhoffte sich Isa.

Runar drehte sich um und küsste seinen Freund innig. Der alte Seemann sah dies, schaute verschämt aufs Meer und huschte abermals unter Deck.

Die letzten sechs Stunden vergingen zähflüssig wie Bienenhonig. Isa durchlief die gesamten Protokolle und hoffte auf einen Hinweis, warum der Roboter nicht zurücksteuerte. Runar überprüfte die Funktion und die Halterung der Harpune zum x-ten Mal.

Pünktlich erschien die Anomalie zum dritten und letzten Mal. Isabell setzte alles daran, am Computer Kontakt mit Gunar zwei herzustellen, in der Hoffnung, dass sein Geliebter mittels der altmodischen Methode mehr Glück haben würde.

Die Harpune zischte los und verschwand flugs in der Anomalie. Das Stahlseil surrte von der Spule, stoppte mit einem Mal und fiel zu Boden. Sprachlos starrte Runar auf das abgetrennte Stahlseil. Die Zeit verging und die Anomalie verschwand.

»Somit ist die Anomalie eine Einbahnstraße«, brummte der Seemann hinter Runar und schlug ihn mit einem Belegnagel nieder.

Zur selben Zeit auf K2-18b:
Es glich einem Wettbewerb im Anstarren. Je-sch-dark stand dem Besucher gegenüber und wartete. Der Roboter speicherte sämtliche Daten, die seine Sensoren ihm lieferten.

Je-sch war es leid zu starren und näherte sich mit einem Schritt dem Besucher, da zischte die Harpune aus dem Nichts heran und stieß Gunar zwei zu Boden. Die Wucht des Aufpralls zerstörte die Front des Roboters und das auslaufende Maschinenöl verursachte einen Kurzschluss. Das nachrückende Stahlseil sammelte sich auf ihm und begrub den ultraleichten Gunar zwei unter sich. Erschrocken blieb Je-sch-dark stehen, schritt rückwärts und tarnte sich in den Weesewiesen.

Mit einem Vorwand geleitete der alte Seemann Isa aus dem Hochseecontainer unter Deck und öffnete die Eisentür des Lagerraumes. Runar lag bewusstlos inmitten von Tauen. Geschockt gesellte sich Isa zu seinem Freund und tätschelte ihn. Der alte Seemann brummte kurz: »Hardy ist sauer«, und verriegelte die Eisentür.

Isa wusste nicht, wie ihm geschah. Alles passierte so schnell. Panisch schaute er sich im Lagerraum um und stellte fest, dass er nicht viel hergab. Zwei Decken, ein Kanister Wasser und unzählige Taue. Die einzige Lichtquelle war ein Bullauge, das bei Wellengang kurzzeitig die Unterwasserwelt preisgab. Dadurch schimmerte der Raum für ein paar Sekunden in einem tiefen Blau.

Runar kam in den Armen seines Freundes zu sich und bestaunte das tiefe Blau. »Wunderschön«, lallte er sichtlich mitgenommen und schlief in den Armen seines Freundes ein. Isa weinte bitterlich. Unmengen von Tränen rannen über seine Wangen. Er fühlte, wie sich der Körper seines Geliebten mit jedem Augenblick mehr entspannte und dann losließ. Runar erlag an diesem Tag seinen Hirnblutungen.

Runars Legacy

Beharren Sie auf einem neuen Mitarbeiter?«, erkundigte sich Hardy, trat einen Schritt vor und warf eine Blume ins offene Grab. Isabell schüttelte mit dem Kopf. »Gehen Sie, bitte!«, wiederholte er zweimal und sah Hardy strafend an. Der verstand den Blick und machte sich kommentarlos davon.

Der einsetzende Sommerregen zauberte einen Regenbogen über Runars Heimatstadt Ubjerg in Dänemark. Nachdem Hardys Limousine den Friedhof verlassen hatte, stand Isabell allein am Grab. Ihm wurde klar, warum sein geliebter Partner so wenig von sich erzählte. Nach seinem Coming-out hatte sich die gesamte Familie von ihm abgewendet. Nicht einmal bei seiner Beerdigung besaßen sie den Anstand, Abschied von ihm zu nehmen.

Die Wolkendecke öffnete sich einen Spalt und die Sonne schien auf Isabell herunter. Er genoss den Augenblick der wärmenden Sonnenstrahlen. Mit einem »Darf ich?« bot Sergey dem Trauernden seine Jacke an und half ihm beim Überlegen.

»Er war ein guter Kollege«, sagte Sergey mit einem Kloß im Hals und hielt inne, um zu beten. »Das rechne ich Ihnen hoch an«, teilte ihm Isa mit und wollte sich auf den Weg machen, da hielt Sergey ihn am Arm fest. »Sagen Sie mir, was passiert ist?«, drängte er und ließ wieder los. »Beweisen Sie, dass er ein guter Kollege war.« Mit diesen Worten ließ er Sergey am Grab zurück und stieg in ein Taxi.

Über Funk meldete sich Bär und fragte höhnisch: »Was meint er damit?« Sergey überlegte kurz und kam zu dem Schluss, dass er nächstes Jahr zum Todestag wieder hier sein müsse. Bär stimmte ihm dahingehend zu und flachste daraufhin: »Er hat schließlich deine Jacke.«

Vater und Sohn witterten eine Chance der Aufklärung und markierten den Todestag von Runar in ihren Kalendern. Es war die einzige Möglichkeit, Isabell zu sehen, denn die Überwachung der beiden stellte sich als sehr schwierig bis unmöglich heraus. Die Beerdigung Runars war der erste Anhaltspunkt, seit er die Observation zum Schutz seines ehemaligen Kollegen befohlen hatte, um zu wissen, wo die beiden sich aufhielten. Sobald Isa mit dem Taxi davongefahren war, verschwand er wie zuvor, unauffindbar.

2013

Isabell arbeitete in diesem Jahr akribisch an der Problemlösung. Er wollte um alles in der Welt wissen, warum die Anomalie eine Einbahnstraße war. Er gab sich dabei völlig auf. Die einzigen Tage, die ihm wirklich etwas bedeuteten, waren solche, die er an Runars Grab verbringen konnte. Das waren die einzigen Termine, denen er noch nachkam. Ansonsten isolierte er sich von der Welt, verkroch sich hinter seinem Laptop – seiner Technik – und tüftelte wie besessen daran, rauszufinden, wie um Himmels willen diese gottverdammte Anomalie zu verstehen war. Wenn er Runar besuchte, verweilte er stets auf derselben Bank nahe einer Marienstatue und sprach mit ihm über vergangene Zeiten. Er spielte dabei mit dem Verlobungsring in seiner Tasche, den er ihm am Tag seines Todes überreichen wollte.

In diesem melancholischen Moment zauberte ein Spaziergänger ein Lächeln in sein Gesicht – es war Sergey, der ihm einen Kaffee to go überreichte. Schweigend setzte er sich neben ihn. Isabell genoss die Zweisamkeit und war beeindruckt, dass Sergey erst von seiner Seite wich, als er in sein Taxi stieg.

Über Funk meldete sich Bär, der sich in der Nähe in einem Hotelzimmer aufhielt und über Funk mithörte.

Sergey antwortete ihm, dass sie im nächsten Jahr mehr Glück haben würden.

2014

Ein kühles Getränk versüßte den beiden in diesem Jahr den Besuch an Runars Grab und Isabell öffnete sich Sergey ein wenig. Er unterhielt sich mit dem Polizisten auf ihrer Bank nahe der Marienstatue über das Wetter und die witzigen Augenblicke, die er mit Runar erlebt hatte. Sergey war die einzige außenstehende Person, die Isa noch kannte. Er wurde von Hardy und seinem Team sozusagen von der Außenwelt abgeschottet. Nach dem Smalltalk mit Sergey stieg er abermals ins Taxi und blickte dann noch lange aus dem Fenster, während die mittlerweile so vertraute Umgebung allmählich an Kontur verlor.

2015

Eine Verspätung im Flugverkehr versuchte Sergey mit einem Spurt auf den letzten Metern zum Friedhof, aufzuholen. Leider vergebens, denn Isabell sah aus dem Taxi und lächelte ihm zu. Bevor das Taxi losfuhr, gab Isa dem guten Kollegen ein Zeichen und verschwand. Sergey deutete daraus, dass Isa irgendetwas an der Bank in der Nähe der Marienstaue hinterlassen hatte. Verschwitzt schaute Sergey dem Taxi hinterher, atmete kurz durch und ging zur Bank. Auf Anhieb fand die Spürnase einen Zettel mit einem Datum.

Aufgeregt meldete sich Bär, der mittlerweile mit einem Fernglas seinen Sohn aus dem Hotelzimmer beobachtete, über Funk: »Und? Was steht darauf?« Bevor Sergey antworten konnte, kicherte Bär los: »Bestimmt, wo deine Jacke versteckt ist.« Ein leichtes Grinsen vermochte Sergey sich nicht zu verkneifen, dann wurde er schnell wieder ernst. »Besprechen wir im Hotel«, wimmelte er seinen Vater ab und schaltete das Funkgerät aus. Aus Anstand, zum Gedenken an den Toten, setzte er sich auf die Bank und verweilte für ein Gebet am Grab.

Später in der Hotelbar unterhielten sich die zwei Beamten über ihr Vorgehen und resümierten. Sergey holte seinen Notizblock hervor und legte diesen mittig auf den Tisch. Bär rutschte näher heran und las mit halb zugekniffenen Augen die darauf geschriebenen Worte. Genervt entriss ihm Sergey den Block und erklärte, dass es über die Jahre angesammelte Notizen seien und kein ordentlicher Brief. Um die Stimmung nicht endgültig ins Kippen geraten zu lassen, aufgrund Sergeys schlechten Schreibstils, bestellte Bär schnell zwei Wodka.

Zwei Wodka später las Sergey der Reihe nach die Stichpunkte vor, die in seinem Notizblock standen und Bär lauschte seiner Stimme: »Am Ende der *Operation Dark Hole* meldete sich Runar vom Dienst ab und präsentierte drei Monate später die Kündigung. Von dem Moment an verschwanden sie spurlos. Zwei Jahre später steh ich mit Isabell an Runars Grab. Ein unbekannter Dritter verließ zuvor die Beerdigung. Sämtliche Recherchen dahingehend verliefen im Sand. Bei zwei Begegnungen konnte ich mich Isa nähern und Vertrauen aufbauen. Trotz der heutigen Verspätung hatte ich den Anschein, dass er so weit war, sich zu öffnen.«

In diesem Augenblick huschte die Bedienung vorbei und Sergey bestellte zwei Whiskey. Sergey legte die Nachricht von Isa auf den Tisch und bat Bär, sie sich anzusehen. *Don't Care* und *2018* stand darauf. Sergey vermutete, dass er sich keine Sorgen machen soll und Isa erst in drei Jahren wieder am Grab sein würde. Um sich dessen sicher sein zu können, mussten sie nächstes Jahr pünktlich sein.

2016

Pünktlich begab sich Sergey zum Friedhof. Bär stand in seinem Hotelzimmer bereit und observierte die Umgebung mit seinem neuen Fernglas. Wieder war ein Jahr vergangen, ohne weitere Anhaltspunkte. Blieb nur die Hoffnung auf Tag X. Es schien Runars Erbe zu sein, die zwei Jahr für Jahr an sich zu binden.

Leider trat das ein, was Sergey geahnt hatte. Isabell erschien nicht. Bär teilte seinem Sohn direkt über Funk mit, dass er keinen Sinn mehr in dieser Überwachung sehe. Für ihn würde das hier und heute der letzte Einsatz sein. Sergey haderte mit sich und blieb eine Weile auf der Bank sitzen. Er überlegte, ob es weiterhin Sinn mache, einer vagen Vermutung nachzugehen und damit so viel Zeit zu verschwenden.

Er trank einen Schluck Wasser und behielt ein wenig für die Grabpflanzen übrig. Runars Grabstein bestand aus schwarzem Granit. Es erforderte eine gewisse Nähe, um auf der Stele die Inschrift zu lesen. Sergey goss die Pflanzen. Anhand der liebevollen Gravur und der Worte »In ewiger Liebe«, die Isa für den Grabstein gewählt hatte, konnte man erahnen, wie sehr Isa seinen Freund geliebt haben musste. Während er so sinnierte, fiel ihm eine silberne, runde Einfassung auf. Er ließ sich nichts anmerken und huschte von dannen.

Bauernopfer

Im Hotel, nicht weit vom Friedhof entfernt in der kleinen dänischen Stadt Ubjerg, betrat Sergey aufgeregt das Doppelzimmer, in dem sein Vater gerade dabei war, sein neues Fernglas im Koffer zu verstauen. »In dem Grabstein steckt eine Kamera«, sagte Sergey und sah seinen Vater erwartungsvoll an. Der vernahm zwar die Worte, packte aber unbeirrt weiter seinen Koffer. »Ja, und?«, schoss es aus Sergey euphorisch heraus. »Nichts und. Dann sind wir halt nächstes Jahr wieder hier, so wie die letzten vergangenen fünf und die, die noch kommen werden, bis er endlich redet.« Sergey nahm seinen Papabären in den Arm und herzte ihn fest.

Auf dem Fish Carrier vor der irischen Küste beobachtete Isabell begeistert, wie der Kollege von Interpol sich um die Grabpflanzen kümmerte. Er beendete in diesem Augenblick die Aufzeichnung der Webcam, die er in den Grabstein hatte einbauen lassen, da der nächste Run in ein paar Minuten anstand. Der alte Seemann wurde zur Überwachung von Isabell eingesetzt und betrat stumm den Container. Hardy vertuschte den Mord an Runar und hatte somit den alten Seemann noch fester in seiner Hand als zuvor.

Der Fish Carrier lag auf samtweicher See und der alte Seemann beobachtete Isabell. Er schottete ihn von der anderen Besatzung, während seiner Arbeit im Container, ab und berichtete Hardy, wenn ihm etwas ungewöhnlich vorkam. Hardy erhoffte sich damit, eine Verbesserung der Erfolgsquote bei der Roboterprogrammierung zu erzielen und mehr Informationen über die Gegebenheiten der Anomalie. Isa lieferte ihm diese mit jedem Run.

Allerdings lieferte er ihm die Erfolge portionsweise, sodass Hardy immer wieder besänftigt wurde und er in seinem Tempo weiterforschen konnte. Leider hatte der alte Seemann eine Blase wie ein Pferd und saß oft Stunden in der Ecke, ohne sich zu bewegen. Das und der enge Zeitplan machten es Isabell schwer, entspannt durchzuatmen und kompromittierende Daten, die Hardy zu vertuschen versuchte, auf seinen USB-Stick zu ziehen.

Nach dem *Shutdown* 2015 zwecks Erhöhung der Gesamtenergie konnte die Erscheinungsdauer der Anomalie verdoppelt werden. Genug Zeit für Isa, die Frage: »Warum ist die Anomalie eine Einbahnstraße?« zu beantworten und Testläufe zu simulieren.

Hardy machte ihm immer wieder Druck bei der wichtigsten Frage: »Was ist auf der anderen Seite?«

2017

Mit einer mit Wasser gefüllten Sprühflasche bewaffnet, erschien Sergey in diesem Jahr auf dem Friedhof. Nach einem Gebet auf der Bank machte er sich daran, den Grabstein einzusprühen und danach mit einem Taschentuch zu säubern. Dabei prüfte er die Echtheit der Kamera. Die Pflanzen erhielten den Restinhalt der Sprühflasche, dann schlenderte er Richtung Hotel.

Sobald er den Friedhof verlassen hatte, funkte Bär ihn direkt an: »Ist die echt?«, erfragte Bär. »Hochauflösend echt!«, bekam er als Antwort.

Vergnügt sah Isabell zu, wie Sergey den Grabstein pflegte und dabei nicht die Pflanzen vergas. Er war sich dadurch sicher, dass Sergey ein gewissenhafter Polizist war und nach Einstellung des Verfahrens weiter recherchieren würde. Ein harter Hund, der Hardy an die Kehle springen würde.

Nach einem Jahr der ständigen Überwachung öffnete der alte Seemann die Tür des Containers und bat Isa herauszukommen. Der gehorchte brav und gesellte sich zu ihm. Der Alte erzählte Isa wehmütig: »Es war Hardy. Ich habe in seinem Namen gehandelt. Hardy hat mir versprochen, er würde meiner sterbenskranken Frau helfen, wenn ich mich dafür um Runar kümmere. Ich sollte an euch ein Exempel statuieren, wegen des ersten Fehlversuches, in dem Gunar nicht zurückkam. Aber hauptsächlich für die Sache mit dem Kaugummi auf der Überwachungskamera.« Er entschuldigte sich für den Tod seines Freundes und erklärte, dass er Runar nur ausknocken und ihn für eine kurze Zeit in den Lagerraum stecken sollte. Mit Tränen in den Augen erklärte er, dass er seine Kraft bei dem Schlag völlig unterschätzt hatte. Isa sah ihn mit Tränen in den Augen an und vergab dem alten Seemann.

Da der nächste Run bevorstand, betraten die zwei wieder den Container. Nach dem Gespräch saß der alte Seemann entspannter in der Ecke und hielt Small Talk mit Isa. Isa freute sich über die Abwechslung nach einem Jahr stiller Beobachtung des alten Mannes und die zehn Minuten Entspannung, bis der alte Seemann sein Gespräch beendete. Als er zum Schluss hinzufügte, dass er bei Nichterreichen von Hardys Vorgabe in Sachen, das Tor zu einer anderen Welt zu öffnen, ihn ebenfalls töten müsse, ging bei Isa alles wieder auf Anfang, er schwieg und arbeitete, um keine Fehler zu machen.

2018

Der Hotelier des Ubjerg Inn in Dänemark begrüßte seine Stammgäste und fragte: »Das gleiche Zimmer wie letztes Jahr?« Darauf antwortete Bär: »Das gleiche Zimmer wie jedes Jahr.« Sergey lachte, denn er liebte *Dinner for One* und den schrulligen James. Nach dem fröhlichen Check-in fragte der Hotelier, ob Sergey ebenfalls zur Beerdigung eingeladen sei.

In diesem Augenblick verlor Sergey seine Gesichtsfarbe,

dachte an Isabell, den Zettel *Don't Care 2018* und rannte los. Geschockt trug Bär die Koffer ins Zimmer und kramte mit zittrigen Händen das Fernglas heraus, um zu sehen, was man nicht sehen wollte. Sergey bog um die Ecke und stoppte kurz, um durchzuatmen. Danach betrat er gemächlich den Friedhof, um nicht aufzufallen.

Da stand er, der für Sergey unbekannte Mann, und warf eine Blume in ein Grab. Sergey näherte sich und stellte sich neben ihn. Eine Atempause später fragte Hardy arrogant: »Und Sie sind?« Sergey ballte seine Fäuste und sah auf dem Trauerkranz den Namen Isabell. Tränen liefen ihm über die Wangen und er zählte innerlich bis drei, um sich wieder zu fassen. Souverän antwortete er: »Sergey Bärlauch, Interpol.« Hardy schien dies nicht zu beeindrucken und er hauchte ein simples »Aha.«

»Darf ich fragen, wer Sie sind?«, schob Sergey hinterher und wandte sich kurz ab, um die Tränen wegzuwischen. »Dürfen sie!«, antwortete Hardy und ging weg. Wütend lief Sergey ihm nach und rief: »Haben Sie ihn getötet?« »Was erlauben Sie sich?«, raunte Hardy. »Mörder verabschieden sich immer von ihren Opfern«, belehrte Sergey ihn.

Um Hardy im Gespräch zu halten, schob er die Beerdigung von Runar hinterher. Erzürnt hörte Hardy sich die Anschuldigungen, er habe Runar und Isabell entführt, für seine Zwecke benutzt und getötet, an und sagte: »Ich werde Herrn Ming über ihre orthodoxen Verhörmethoden informieren.« Darauf wusste Sergey nichts zu kontern. Er ahnte nicht, dass der Unbekannte Kontakt zum obersten Chef von Interpol pflegte.

Bär schaffte es indes, das Fernglas mit dem Laptop zu verbinden und Bilder von dem Unbekannten zu machen. Um länger observieren zu können, zog er sich einen Stuhl ans Fenster. Er registrierte nicht sofort, dass Sergeys Jacke dort hing. Als er sich in den Stuhl setzte, fiel die Jacke zu

Boden. Dabei purzelte ein Brief aus der Tasche. Verwundert las er die Aufschrift: *Für Interpol* und öffnete den Brief hastig, um ihn zu lesen.

Obwohl Sergey durchgehend auf den Unbekannten einredete, ignorierte dieser jegliche Vorwürfe. Sergey beobachtete dabei, dass der Unbekannte langsamer schritt. Er vermutete, dass er hören wollte, wie weit seine Ermittlungen waren. Bevor die zwei die Straße erreichten, flüsterte Bär über Funk einen Namen und »festnehmen«.

Hardy stand vor einer Limousine und öffnete die Tür, da sprach Sergey ihn mit »Hardy« an. Der reagierte auf seinen Namen und sagte: »Woher kennen Sie meinen Namen?« Mit einem Sprung nach vorne packte Sergey ihn am rechten Arm und ruckzuck lag er auf dem Gehsteig. Die Handschellen klickten und Sergey klärte ihn über seine Rechte auf.

Der Chauffeur wurde indes von Bär abgefangen und dahingehend informiert, dass sein Chef in U-Haft käme. Er dürfe fahren und seine Firma davon in Kenntnis setzen.

Die dänischen Kollegen übernahmen Hardy und brachten ihn auf das nahegelegene Revier. Bär bedankte sich für die sofortige Unterstützung und ließ sich die Adresse der Polizeistation geben. Er erklärte, dass sie ein bisschen Zeit bräuchten, um sich zu verabschieden.

Sergey stand betend am Grab und wartete auf seinen Vater. Bär stellte sich bedächtig neben ihn und hielt ihm den Brief hin. »Kriegen wir Hardy damit?«, fragte Sergey leise. Bär ließ sich Zeit für seine Metapher und erklärte, dass durch Isabells Bauernopfer die Dame gefallen sei. Das ist eine gute Chance, um an den König zu gelangen.

Der Brief

Im Auto las sich Sergey den Brief, den Bär gefunden hatte, in Ruhe durch.

»Lieber Sergey,

ich bedanke mich für Ihre Anteilnahme an Runars Tod. Mir war von vorneherein klar, dass Ihr Erscheinen in erster Linie nicht ihm galt. Im Vordergrund standen immer Ihre Ermittlungen im Fall *Dark Hole*. Dahingehend möchte ich mich bei Ihnen für die Lüge, es gäbe kein schwarzes Loch, entschuldigen.

Ich war geblendet von der wissenschaftlichen Sensation und würde im Nachhinein mein Leben wieder dafür geben. Leider Gottes habe ich mich den falschen Leuten anvertraut. Die Universität und das CERN an sich haben nichts mit alledem zu schaffen. Sie sind ein Spielball einer höheren Gruppe von Wirtschaftsbossen, die durch den Zugang zu einer anderen Welt einem modernen Kolonialismus verfallen sind. Über Hardy kommen Sie auf jeden Fall an die Auftraggeber unserer wissenschaftlichen Arbeit heran.

Ob das *Dark Hole* real ist, würden Sie sicher gerne wissen. Ja, es gibt eine Anomalie. Sie kann Materie aufnehmen und transportiert sie an einen anderen Ort. Im letzten Jahr habe ich mir die Todesfälle im Internet nochmal angeschaut und kann Ihnen mit absoluter Sicherheit sagen, dass es immer zeitgleich mit einem Run des Teilchenbeschleunigers geschah. Am 8. August 2008 wurden die ersten Protonen in den Teilchenbeschleuniger geschossen. Das war die Geburtsstunde der Anomalie und die Verbindung zu einem anderen Ort. Zeitgleich starb ein Junge. Leben und Tod sind im Universum enger miteinander verknüpft, auf eine derart komplexe und unfassbare Weise, dass sie es unserem Verstand unmöglich macht, es jemals begreifen zu können.

Auf meinem Datenträger, den ich in Ihre Jacke eingenäht habe, sind alle Daten und Fakten über die Anomalie zu finden. Ich habe mir obendrein erlaubt, den Brief und den Datenträger von einem Notar beglaubigen zu lassen. Damit alles hieb- und stichfest ist. Bitte haben sie Verständnis für mich. Die Neugierde in mir blendete alles um mich herum aus.

Bevor Sie veranlassen, dass die Forschung eingestellt wird, prüfen Sie bitte die Zeit und die Orte der Runs. Wir haben die Läufe in den Sommer verlegt, weil die Anomalie dadurch auf dem Atlantik erschien. Ergo waren keine weiteren Menschen in Gefahr.

Ein alter Seemann, ich vergebe ihm, ermordete meinen Runar auf Hardys Geheiß. Dieser Seemann wird ebenso mich töten. Er lebt mit seiner sterbenskranken Frau in Baltimore, Irland. Er wird Ihnen in jeglicher Hinsicht dabei helfen, Fragen zu beantworten.

Von Hardy kenn ich nur den Namen. Da ich weiß, dass Sie ein geduldiger Mensch sind, bekommen Sie heraus, wer er in Wirklichkeit ist und welche Organisation hinter allem steckt. Ich hoffe, Sie sind sich der Verantwortung bewusst und der bahnbrechenden Möglichkeiten, die meine Informationen mit sich bringen. Was es für die gesamte Menschheit bedeutet, wenn plötzlich die Möglichkeit bestünde, andere Welten zu bereisen?

Nein, ich flachse nicht. Ihre Kollegin fragte damals, was auf der anderen Seite wäre. Mit Gewissheit kann ich Ihnen heute sagen: ein anderer Planet! Jedes Mal, wenn wir Sensoren durch die Anomalie schickten, erhielten wir minimal Einsicht in diese andere fremde Welt. Mit jedem Mosaikstein fügte sich dann ein Bild des Planeten zusammen, deren Sonne ein roter Zwerg ist. Wir bekommen in 125 Jahren die Antwort auf seine genaue Position. Dank unseres ersten Positionslichtes.

Ich bitte Sie inständig, diese Informationen gewissenhaft an die Menschheit weiterzugeben, denn in den falschen Händen könnten diese Informationen verheerende Auswirkungen haben.

Ich wünsche Ihnen auf diesem Weg viel Glück und alles erdenkliche Gute.

Ihr Isabell, in Gedenken an Runar«

Im Auto übergab Sergey den Brief an Bär. Nach einer Weile faltete dieser den Brief zusammen und überreichte Sergey seine Jacke vom Rücksitz. »Schnapp dir die Hardys!«, sagte Bär und rief sich ein Taxi. Sergey stimmte ihm nickend zu. »Grüß sie von mir!« Mit diesen Worten fuhr Sergey in die Polizeiwache – um die Welt zu informieren und Hardy dingfest zu machen.

Seelenfrieden

Alex saß auf der Veranda ihres Hauses und sah auf Loch Ness herunter. In den leichten Wellen spiegelte sich die Sonne. Es war ein blendend schöner Anblick.

Das plötzliche Surren der Eieruhr stellte klar, dass die Ostfriesenteemischung durchgezogen war. Alex nahm die Teekanne vom Stövchen und entfernte das Teeei. Ein Stück Kandis versüßte ihr Getränk und beim ersten Schluck fiel ihr ein Mann auf dem Weg zu ihrem Haus auf.

Der steile Schotterweg zu ihrem Haus stellte für die Wahlschottin von Montag bis Freitag ein willkommenes Trainingsprogramm dar. Gegen sechs Uhr morgens lief sie diesen Weg bis ins Dorf, um in der Grocery zu arbeiten, und abends marschierte sie denselben Weg heimwärts. Samstags gab sie für Kinder Selbstverteidigungskurse in einer alten Feuerwache.

Während sich Alex in Gedanken über ihren Tagesablauf verlor, näherte sich der Mann schimpfend und prustend in einer dem Schotter geschuldeten Staubwolke. Alex erkannte Bär und genoss weiter in Ruhe ihren Tee. Verschwitzt trat der auf die Veranda und begrüßte sie. Perplex sah er sie an, weil sie keine Anstalten machte, ihm einen Platz anzubieten. Er registrierte einen Stuhl in der Ecke, nahm den Blumentopf herunter und setzte sich. Der marode Stuhl gab nach und krachte samt Bär auf den Holzboden. »Deshalb steht die Blume dort«, sagte Alex nüchtern und trank weiter ihren Tee.

Bär blieb auf dem Boden sitzen und kramte eine Flasche Wasser aus seiner Tasche. Er trank begierig den letzten Schluck und hielt sie Alex leer entgegen. Die verdrehte ihre Augen, nahm die Flasche und verschwand in der Hütte. Geschafft saß Bär auf dem Boden und ließ seine Blicke über das wunderschöne Land schweifen. Nach wenigen Minuten nahm er seine Flasche mit frischem Inhalt wieder entgegen und leerte sie abermals. Er verstand die Welt nicht mehr und saß schweigend mit Alex auf der Veranda.

»Was führt dich zu mir?«, fragte sie eine gefühlte Ewigkeit später und stellte die leere Tasse neben der Kanne ab. »Aber bitte die Kurzfassung!«, schob sie genervt hinterher. Bär schwieg eine Weile, denn er fühlte, dass Alex mit allem abgeschlossen hatte und sich in seiner Nähe unwohl fühlte.

Bär erhob sich und verließ bedächtig die Veranda. Er drehte sich zu Alex um und erzählte ihr, dass Sergey die Fälle gelöst hatte. Danach warf er energisch seine Tasche über die linke Schulter und schlenderte den Schotterweg bergab. Er befand sich gerade so in Sichtweite zur Hütte, da rief ihm Alex hinterher: »Komm morgen in die alte Feuerwache!« Grinsend drehte sich Bär zu ihr um und hielt seinen Daumen hoch. Er ging schneller, um in der Stadt ein Hotel zu finden. Alex saß bis Sonnenuntergang auf der Veranda und dachte nach.

Am nächsten Tag verschlief Bär das Frühstück und wurde von der Raumpflegerin geweckt. Er zog sich flink seine Klamotten über und spurtete zur Rezeption, um in Erfahrung zu bringen, wo sich die Feuerwache befand. Die Tatsache, dass diese am anderen Ende der Stadt lag, trieb ihm Schweiß auf die Stirn. Dass der Rest seines Körpers ebenfalls die Poren aufriss und er nach ein paar Metern seinen kompletten Wasserhaushalt ins Hemd geschwitzt hatte, lag an der nicht vorhandenen Fitness. Bär schob dies lieber auf die schwülwarme Wetterlage. Beim Anblick der Feuerwache, die nicht mehr allzu weit entfernt lag, flammte Hoffnung auf, es doch noch bis dorthin zu schaffen, ohne einem Herzinfarkt zu erliegen.

Auf der Feuerwache angekommen, bahnte sich Bär seinen Weg durch wartende Eltern, Nannys und sonstige Bedienstete. Dass der Selbstverteidigungs-Unterricht eine formidable Einnahmequelle sein musste, machten die zahlreichen, teuren Limousinen deutlich. Umso mehr verblüffte ihn das Schild *For Free* an der Tür der Feuerwache. Bär huschte in die Wache und stellte sich in eine ruhige Ecke, um sich ein Bild zu machen.

Alex verabschiedete jeden Schüler persönlich. Es war wunderschön mitanzusehen, wie die Kinder sie mit Bewunderung und Sympathie ansahen. Für das letzte Kind in der Reihe ließ sich Alex mehr Zeit. Sie unterhielt sich angeregt mit ihm und zum Schluss nahm sie den Jungen kurz in den Arm.

Bär schritt auf Alex zu und schaffte es nicht einmal, einen guten Morgen zu wünschen, da lag er schon mit dem Gesicht auf der Matte. »Was zum Teufel?«, fragte er mit gequetschtem Gesicht. »Training!«, flachste Alex und prustete aus Versehen Speichel in seine Augen. Dabei ließ sie den Armhebel, mit dem sie Bär auf seinem Rücken zu Boden drückte, locker. Der Junge beobachtete beim Verlassen der Feuerwache, wie Bär Speichel abbekam.

Was Bär nach dem Kontakt mit ihrem Speichel sah:

Bär fühlte sich merkwürdig, rappelte sich langsam hoch und positionierte sich zum Angriff. Bevor er Alex erreichte, stieß sie seine Beine seitlich weg und er donnerte mit dem Oberkörper abermals auf die Matte. Er gab das Zeichen zum Aufgeben und hockte sich hin. Sie verneigte sich kurz vor ihm und verschwand in einen kleinen Nebenraum.

Sie ließ die Tür einen Spalt offen, um sich mit ihm zu unterhalten. »Erzähl mir alles!«, sagte sie und lauschte. Bär versuchte, jeden Augenblick der letzten neun Jahre haargenau wiederzugeben. Dabei schlich er sich langsam an die Tür und beobachtete sie beim Ausziehen. Ihr Körper war der Inbegriff der Weiblichkeit, gepaart mit sportlicher Fitness. Sie stand mit dem Rücken zur Tür und steckte ihre Haare zu einem Dutt hoch. Dabei spannte sie ihren strammen Po an und seitlich über ihrer Taille blitzte ihr üppiger Busen hervor. Bär geriet zwischendurch ins Stottern bei diesem Anblick. Sie lauschte seinen Erzählungen, ohne Kommentar.

Sie stellte die kleine Eckdusche an und schritt unter das prickelnde Nass. Das warme Wasser bereitete ihr eine leichte Gänsehaut und harte Nippel. Er starrte begierig auf ihre durch die Nässe zartglänzende Haut. Alex sah zu ihm herüber und hob ihren Arm, um ihn mit ihrem Zeigefinger zu sich zu winken. Begierig zog er sich aus und drängte in die Dusche. Die zwei umklammerten sich, küssten sich und mit einem wilden Stoß drang er tief und ungestüm in sie ein. Sie stöhnte vor Verlangen auf und hauchte »Tiefer!« in sein Ohr. In diesem Augenblick knipste die Blutarmut sein Gehirn aus und er verstärkte die Umklammerung, um tiefer einzudringen. Seine Körpertemperatur stieg an, die Hoden wurden hart und bereit, ihre wollüstige Ladung abzugeben. Ihr Becken zuckte vor Verlangen und die Enge ihrer Vagina massierte sein pulsierendes Prachtexemplar. Die zwei Körper bebten vor Lust und explodierten gleichzeitig mit einem lauten Stöhnen. Bär sah zur Seite und blickte in den Lauf einer Waffe.

Was Bär nach dem Kontakt mit ihrem Speichel wirklich tat:

Bär fühlte sich merkwürdig, rappelte sich langsam hoch und positionierte sich zum Angriff. Dabei fühlte er sich fremd in seinem Körper. Bevor er Alex erreichen konnte, trat sie seine Beine seitlich weg und er donnerte mit dem Oberkörper abermals auf die Matte. Er blieb liegen und japste wie ein kleiner Hund nach Luft.

Alex hielt ihm die Hand entgegen. Er zog sich mit einem Ruck hoch, erhöhte den Händedruck weiter, so dass es anfing zu schmerzen, und schlug ihr mit der Faust voll ins Gesicht. Sie taumelte rücklings und er trat ihr seitlich gegen die Beine. Ein dumpfer Aufprall grollte durch die Feuerwache. Bär setzte sich auf ihr Becken. Alex versuchte, ihn von sich herunterzuschubsen, aber ihr Vorhaben scheiterte, weil Bär ihr einen zweiten Fausthieb ins Gesicht verpasste. Panisch japste Alex nach Luft und schmeckte dabei ihr eigenes Blut. Er holte erneut aus und schlug sie mit einer Ohrfeige halb bewusstlos.

Hilflos lag sie da und bekam verschwommen mit, wie er ihr die Auflösung im Fall Timo ins Ohr tuschelte und dass der Junge Opfer einer Anomalie geworden war. Trotz ihrer misslichen Lage fiel eine große Last von ihr ab.

Bär glitt mit seiner feuchten Zunge über ihre Schläfe und küsste sie auf die Stirn. Danach sah er in zwei blutunterlaufene Augen. Er streichelte ihre Arme und wanderte langsam mit seinen Händen Richtung T-Shirt. Paralysiert vor Schmerz, spürte sie seine Erregung. Ruckartig riss er ihr das Shirt in zwei Hälften und küsste wild ihren Busen. Blitzschnell rutschte er von ihrem Becken, packte ihre Hosen und riss sie ihr brutal von den Beinen. Alex wimmerte vor Ekel und prustete dabei Blut aus ihrem Mund. Bärs Kopf drängte zwischen ihre Beine und seine starken Arme umklammerten ihre Oberschenkel. Wie ein wildes Tier an der Tränke schlabberte er mit seiner rauen Zunge in ihrem Schoss herum und schmatzte laut dabei. Sie drehte vor Abscheu ihren Kopf zur Seite und erahnte jemanden in der Ecke. Sie konnte die Umrisse eines Schattens erkennen.

Bär ließ von ihr ab und stellte sich hin, um sich langsam auszuziehen, dabei kicherte er: »Du bist vogelfrei, Mörder!« Er lachte, weil sein Penis pulsierend steif wurde. Wie von Sinnen trat er brutal mit seiner Ferse auf ihren Brustkorb. Ihr gesamter Körper hüpfte bei dem Aufprall kurz hoch und fiel danach in sich zusammen. In diesem

Augenblick spürte sie ihren Körper nicht mehr. Einzig das Blut in ihrem Mund schmeckte sie.

Bär legte sich mit seinem Oberkörper auf Alex. Er vernahm ein Geräusch und sah zur Seite. Er blickte direkt in den Lauf einer Waffe.

Jesaja sah seine Mutter am Boden liegen und drückte den Abzug der Pistole – die Kugel bahnte sich den Weg durch Bärs Stirn, um nach ihrem Eindringen seinen Hinterkopf beim Austreten zu zerfetzen. Der Junge legte nach dem Schuss Alexandras alte Dienstwaffe in ihre Hand und schob den toten Körper des Unholds von ihr herunter. Er bedeckte sie mit herumliegender Kleidung. Auf einmal öffnete Alex die Augen und sah in Jesajas Gesicht. Bei dem Versuch, etwas zu sagen, quoll eine Unmenge Lebenssaft aus ihrem Mund und der Nase. Jesaja wischte es mit seinem Ärmel weg und hielt ihren Kopf sanft fest. Er verabschiedete sich von ihr mit den Worten: »Ich weiß, dass du meine Mama bist. Ich liebe dich.« Ihr kullerten Tränen der Rührung über ihre Wangen und mit einem Glanz in ihren Augen verabschiedete sie sich von ihrem Kind. Jesaja hielt ihr Gesicht so lange fest, bis ihre Seele davonschwebte und sie starb. Danach verließ er die Feuerwache durch die Hintertür.

In tiefer Trauer kauerte Jesaja sich auf die Rückbank der Limousine. Sichtlich betroffen beobachtete sein Chauffeur, wie der Junge sich schluchzend seine Kopfhörer aufsetzte. Er verschloss das Trennwand-Fenster und kontaktierte die Adoptiveltern. Den Befehl, direkt zum Schloss Darf-Tau zu fahren, befolgte er umgehend.

8. August 2034

Entspannt lauschte Jesaja seiner Atmung und ließ den Blick durch den steril wirkend weißen Raum schweifen. Abgeschottet von der Außenwelt, saß er in einem von der Europäischen Weltraumbehörde ESA gespendeten Raumanzug und genoss die Ruhe. Ein Bild an der Wand hätte nicht geschadet, dachte er sich und checkte dabei jeden Zentimeter seines Körpers ab, ob irgendwas kniff oder zwickte.

Plötzlich öffnete sich die weiße Tür und Tristan stand mit einem originalen ESA-Weltraumhelm in der Hand vor ihm. »Mein Freund und Weggefährte«, flachste Jesaja und Tristan streckte ihm die Zunge heraus. Er war wie Jesaja ein Adoptivkind des schottischen Hochadels und wurde wie er zur Elite erzogen. Erziehung, Sport und Wissen auf höchstem Niveau.

»Nach des Bürgermeisters Rede geht es los. Aufgeregt?«, fragte Tristan und frotzelte mit veränderter Stimme weiter: »Nein, ich bin der coole Jesse.« Jesaja prustete los vor Lachen und stand auf, um seinen Bruder zu umarmen. »Du bist der Beste!«, sagte er dabei. »Ich weiß«, entgegnete Tristan und kontrollierte seinen Helm auf Schmutzspuren. Mit einem Brillentuch entfernte er die der Umarmung geschuldeten Fettflecken und legte den mit Sensor- und Kommunikationstechnik ausgestatten Helm vorsichtig auf den Boden.

Erwartungsvoll sah Tristan seinen Bruder an und pochte darauf, ihm seine Lebensgeschichte weiter zu erzählen. Nach dem Tod seiner leiblichen Mutter 2019 fing Jesaja an zu recherchieren. Dadurch erfuhr er alles über sie, wer und wie sie war. Der Einzige, dem er davon erzählte, war sein Adoptivbruder, der ihm zuvor den Blutschwur leisten musste.

»Wo waren wir zuletzt?«, fragte Jesaja. »Sergey stieg aus dem Taxi und gab die Wahrheit *2018* an die Züricher Presse weiter.« Jesaja nickte kurz und erzählte: »Unsere Adoptiveltern, die tief verwurzelt waren mit der Organisation um Hardy, reagierten sofort, um nicht mit dieser in Verbindung gebracht zu werden und schmierten jeden Regierungschef in der EU, was in den *2020ern* einfach war dank der populistischen Schieflage dieser. Dadurch blieben unsere Adoptiveltern im Rennen um die Leitung des Projekts *Dark Hole*.« »Aber warum?«, fragte Tristan nach. »Kolonialisierung. Stell dir vor, du betrittst als Erster einen Ort und annektierst. Dir gehören dann Land und Rohstoffe.« »Um Gottes Willen!«, schoss es aus Tristan heraus. »Zustände wie in der Kolonialzeit und unsere britischen Adoptiveltern sind die Kapitäne.«

Jesaja setzte sich auf den Stuhl und fuhr fort: »Nicht allein unsere Eltern. Oder glaubst du, der Wiedereintritt der Briten in die EU 2030 war Sinneswandel? Nein, das war pure Berechnung!« Tristan schluckte laut, als er dies hörte. »Da haben wir ja Glück, dass Sergey ein Europäer war, oder?«

Jesaja schmunzelte bei dieser Feststellung. »Das größte Glück bestand darin«, erzählte er weiter, »dass die europäische Region Deutschland den Vorsitz im Parlament innehatte und der Erstkontakt hier in der *Timo Arena* auf deren Territorium stattfand.«

Außerhalb des weißen Raumes wurde es lauter und die zwei Brüder lauschten den tumultartigen Klängen. Eine Lautsprecherstimme kündigte den Bürgermeister von *Megacity Hamm i. W.* an. Der Beifall war enorm und seine Stimme heizte die Massen noch weiter an. »Liebe Menschen, herzlich willkommen in unserer schönen Stadt. Megacity Hamm ist stolz auf den Helden, der in seinen jungen Jahren uns den Weg ebnete, neue Welten zu erforschen. Hier in der *Timo Arena* soll es geschehen. Von hier aus besuchen wir Eden.« Nach diesen Worten bebte der Boden unter den Füßen der Massen und Jubelschreie durchdrangen alle Wände der unteren Räumlichkeiten der Arena.

»Beängstigend, oder?«, fragte Jesaja seinen Bruder. »Durchaus!«, antwortete der und bekam von der Euphorie der Massen eine Gänsehaut.

Tristan kannte die Entstehungsgeschichte von *Megacity Hamm i. W.* Es begann direkt nach Sergeys Enthüllung, da wollte jeder den Ort des ersten Kontaktes sehen. Touristenmassen drängten in den bis dato kaum bekannten und ländlich geprägten Stadtteil Weetfeld. Schnell witterten die Geschäftigen ihre Möglichkeiten. Ein Bauboom von unglaublichen Ausmaßen begann. Vorab reichte den Touristen ein Denkmal des Helden. Innerhalb von zehn Jahren entstand an dieser Stelle die *Timo Arena*, Mittelpunkt und Einkaufsmetropole der neuen *Megacity Hamm*. Kein europäischer Geschäftsmann ließ es sich nehmen, in Hamm zu investieren, und explosionsartig stieg seine Einwohnerzahl auf über zehn Millionen Menschen an. Die Politik schaffte es, den Goldrausch anzuheizen, indem sie *Megacity Hamm* zum *Ort der Begegnung* auserkor. Jedes Jahr am 8. August würde das Tor nach Eden für acht Stunden geöffnet, um eine Brücke zu schlagen. Jeder Europäer bekäme die Möglichkeit in einem Auswahlverfahren die Neue Welt zu besuchen.

»Du bist sicher, dass es funktioniert?«, fragte Tristan. Jesaja nickte ihm zu und erklärte ihm, dass die Maschine mit dem Umkehrprozessor, die er an den anderen Ort mitnähme, den Sog der Anomalie stabilisiere und umkehre. Wie ein Lichtstrahl in einem Spiegel. Des Weiteren dient sie zur Ermittlung der Umweltdaten, die sie nach Bestätigung zur Erde sendet, ob menschliches Leben an dem anderen Ort möglich wäre. »Dann ist es so weit«, befahl Tristan, nahm den Helm und setzte ihn Jesaja auf. Unter dem

Helm klang alles ganz dumpf. Tristan fuchtelte aufgeregt mit den Händen vor seinem Bruder herum und wartete auf die Antwort. Jesaja erhob den Mittelfinger und lachte.

Er zuckte kurz zusammen, als er seine erste Anweisung über die Helm-Kommunikation erhielt und hob den Daumen für die Helm-Kamera hoch. Beides funktionierte reibungslos und er nahm zum Abschied seinen Bruder in den Arm. Tristan öffnete Jesaja die Tür und folgte ihm in die Arena. Die zwei waren berauscht von der Melodie der euphorischen Menschen und fühlten sich getragen von deren Hoffnungen. Jeder Einzelne von ihnen erhoffte sich von Eden ein neues, besseres Leben. Jesaja erreichte die Mitte der Arena und stellte sich neben die lebensgroße Bronzestatue des zehnjährigen Timo. Bei diesem Anblick verstummten die über 100.000 Zuschauer und warteten gebannt auf Jesajas Worte.

Jesaja startete mit einem leichten Räuspern und sprach: »Ich bin stolz, die Tür öffnen zu dürfen. Für die Menschen und für Europa.« Nach diesem Satz tobte eine Welle der Begeisterung von der ersten bis zur letzten Sitzreihe der überfüllten Arena. Mit stehenden Ovationen klatschten sie ihrem Helden Beifall und ein Jauchzen der Begeisterung steigerte die Stimmung. Dann erschien die Anomalie direkt hinter Jesaja.

Der Beifall wandelte sich in ein rhythmisches Klatschen beim Erscheinen der Maschine. Sie flog, befestigt an einer Drohne, in die Mitte der Arena. Die Maschine wirkte einfach, eher wie ein silberfarbener Rollkoffer. Jesaja trennte die Drohne von der Maschine und schob sie vorsichtig in Position. Bevor er den Schritt wagte, atmete er einmal tief durch und zog die Maschine mit in die Anomalie.

Der rote Zwerg stand hoch am Himmel und eine leichte Brise wehte über die Weesewiesen. Jesaja ließ seinen Blick über das neu entdeckte Land schweifen und genoss das Wechselspiel aus atemberaubender Landschaft und wundervollen Farben. Mit Tränen in den Augen genoss er diesen Anblick faszinierender Schönheit.

Indes schaltete sich die Maschine aus dem Ruhe-Modus um und kontrollierte alle Umweltwerte. Auf dem Monitor der Maschine erschienen Fragen, die in einem Bruchteil von Sekunden mit *Ja* oder *Nein* beantwortet wurden. Die letzte Frage leuchtete in roten Buchstaben auf und wurde *negativ* gekennzeichnet.

Jesaja bekam von alledem nichts mit und starrte auf eine buschhohe von Weesepflanzen gebildete hellgrüne Hecke. Vorsichtig stupste er mit den Füßen herumliegenden Sensoren- und Roboterschrott beiseite und bewegte sich langsam auf die Hecke zu. Das Knirschen des Diamantteppichs verursachte ihm eine leichte Gänsehaut. Er fixierte einen Schatten im dichten Weesedickicht, verspürte ein Gefühl des Ankommens und blieb stehen.

Je-sch-dark trat aus seiner Tarnung heraus. Es sah das weiße Wesen an und fühlte, dass unter der Hülle Gutes steckte. Ein ihm bekanntes, vertrautes Lebewesen. Ohne Angst näherte es sich bis auf einen Meter dem Weißen und sah durch den Helm in dessen Augen.

Jesajas Iris funkelte unter dem Einfluss der Lichteffekte des Planeten und änderte ihre Farbe in Weesegrün. Er hob bedächtig seine Arme und löste die Helmsicherung. Er rastete den Helm aus und setzte ihn ab. Sein Körper reagierte automatisch mit Luftanhalten. Mit dicken Backen stand er da und fühlte in diesem Augenblick die Umwelteinflüsse. Seine Augen zuckten in sämtliche Richtungen. Die Sonne, das atemberaubende Tal, die Weesepflanzen und die Lichteffekte. Zum Schluss hielten seine Augen inne und verweilten vertrauensvoll auf Je-sch-dark.

Jesaja atmete aus und tief wieder ein. Es war vollbracht, er schmeckte den Planeten. In Bruchteilen von Sekunden bildete sich in seinem Mund ein Schaumfilm und er atmete dadurch seelenruhig weiter.

Je-sch-dark beobachtete die Adaption des Besuchers bis ins kleinste Detail. Es stellte fest, dass hier und heute eine neue Spezies entstand. Der Wechsel der Hautfarbe Jesajas in Weesegrün unterstrich dies. Je-sch-dark besann sich auf eine Art des Austausches zwischen Je-sch und Weesepflanzen über Chlorophyll-Verbindungen. Dadurch wollte Je-sch-dark mit dem neuartigen Weesewesen kommunizieren.

Jesaja zog seine Handschuhe aus und sah sich erstaunt seine grüne Haut an. Vorsichtig hielt er seine Hände dem Wesen entgegen und wartete auf dessen Reaktion. Je-sch-dark hob eins seiner robusten Gliedmaßen, umschlang es mit einem Stirnfühler und strecke dies der offenen Hand entgegen. Die robusten Gliedmaßen dienten nur zum Schutz der feinen Stirnfühler, da die Gliedmaßen keine Nervenbahnen enthielten und man mit ihnen nicht fühlen konnte. Direkt bei dem ersten Kontakt packte Jesajas Hand reflexartig zu und ließ trotz Schmerz nicht los. Stachelige Rezeptoren auf Je-sch-darks Gliedern koppelten sich mit Jesajas Nervenbahnen in der Hand. Ein strahlendheller Blitz in Jesaja Gehirn blendete die Außenwelt komplett aus.

Er befand sich in einer strahlend weißen Sphäre und war ein transparentes Gesicht. Er sah eine weiße Maske, die einer anderen weißen Maske gegenüber schwebte, sie sahen sich an und schienen sich im Kreis zu drehen. Jesajas transparentes Gesicht fügte sich in seine Maske ein und sprach durch sie mit dem Gegenüber.

»Meine Mutter gab mir den Namen Je-zem-lya«, eröffnete Jesaja das Gespräch. »Der von der Erde«, antwortete Je-sch-dark und fuhr fort: »Darf ich uns mit deinem Hirnstamm verbinden? Damit bleibt keine Frage unbeantwortet.« Jesaja dachte über ein *ja* nach, da schossen Unmengen von Bildern, Gefühlen und Geschichten durch seinen Kopf. Jesaja bekam das gesamte Leben Je-sch-darks sowie die Geschichte des Planeten suggeriert. Er war begeistert von der Symbiose des Ökosystems und der Warmherzigkeit des Gesamten. Nach dem Datentransfer sahen die Gesichter sich in den Masken an. Jesajas Antlitz war sichtlich entspannt, was man nicht von seinem Gegenüber behaupten konnte. Angst spiegelte sich in der Maske Je-sch-darks wider. Er brauchte Zeit, die Geschichte des Erdlings zu verdauen.

»Beschütze uns vor euch«, flehte das Gesicht in der Maske Jesaja mit Tränen in den Augen an und verschwand. Je-sch-dark trennte die Verbindung der zwei und stellte sich zurück in die Weesehecke, um sich vor dem, was da noch kommen möge, zu tarnen.

Fasziniert von der Situation stand Jesaja da und dachte nach. Langsam wandte er sich der Maschine zu. Die rot unterstrichene Anzeige *Menschliches Leben bis zu einem gewissen Grad realisierbar* löschte er und öffnete die Hauptkonsole. Er lud die Maschine mit falschen Umweltdaten. *Menschliches Leben nicht möglich* erschien auf dem Display und er sendete dies zur Erde. Nachdem er das Programm *Anwendung Umkehrprozessor blockieren* aktiviert hatte, öffnete sich ein Password-Fenster.

Jesaja sah sich noch einmal um und stellte abermals fest, dass dieser Ort es wert ist, ihn vor der Menschheit zu beschützen. Er gab das Password ***** ein und bestätigte mit *anwenden*. Er drehte sich zu Je-sch-dark um und ging in dem Wissen, den Rest seines Lebens in der wahren Heimat existieren sowie sterben zu dürfen, auf Je-sch-dark zu.

Die Arena glich in dieser Zeit einem Hexenkessel und die 100.000 Menschen in ihm wurden ungeduldig. Mit rhythmischem Klatschen und grölenden Gesängen fieberten sie dem Moment der Rückkehr Jesajas entgegen. Ohne Vorwarnung und Tamtam verschwand die Anomalie plötzlich. In diesem Augenblick wurde das Volk still und betrachtete irritiert, was gerade vor seinen Augen geschah. Der Bürgermeister teilte den Menschen über Lautsprecher mit: »Die Anomalie wurde aufgrund der Tatsache, dass es unmöglich ist, dort zu leben, geschlossen.«

8. August 2008

Inmitten der Ost-Falklandinseln auf einem Hügel, nicht weit von Teal Inlet entfernt, öffnete sich die Backdoor-Anomalie. Auf der Südhalbkugel, Breitengrad 51,62, erschien unbemerkt das Gegenstück zur Front-Door-Anomalie *Black Hole* in Weetfeld. Eine Aktion bewirkt immer eine Reaktion, um das Gleichgewicht im Universum zu erhalten. Durch diese Backdoor-Anomalie gelangt man von einem anderen Planeten auf die Erde, aber nicht zurück. Was wir wissen, ist, dass Jesaja diese Tür 2034 für immer geschlossen hat. Was wir nicht wissen, ist, ob jemand diese Tür bis dahin benutzt hat.

Ende.